Papel certificado por el Forest Stewardship Council®

Penguin
Random House
Grupo Editorial

Primera edición: marzo de 2024

© 2024, Anaïs Baranda Barrios
© 2024, Penguin Random House Grupo Editorial, S. A. U.
Travessera de Gràcia, 47-49. 08021 Barcelona
© 2024, Elisa Escalera Aguilera , por las ilustraciones
Diseño de cubierta: Penguin Random House Grupo Editorial / Judith Sendra
Ilustraciones de cubierta: © 2024, Elisa Escalera Aguilera

Printed in Spain – Impreso en España

ISBN: 978-84-272-4084-1
Depósito legal: B-664-2024

Compuesto en Compaginem Llibres, S. L.
Impreso en Rodesa
Villatuerta (Navarra)

MO 40841

ANAÏS BARANDA

AGENCIA DE DETECTIVES
SHER & LOCK

EL CASO DE
LOS PLÁTANOS DESAPARECIDOS

Ilustraciones de
ELISA ESCALERA AGUILERA

MOLINO

SHER

Nombre real: Sergio

Adora: los cubos de Rubik y las montañas rusas.

Detesta: correr y que Lorena le llame Cuadraditos (aunque un poco de gracia sí que le hace).

Sueña con: Sherlock Holmes ¡casi todas las noches!

Nombre real: Lorena

Adora: los *smileys*, su tableta y hacer pulseras de cuentas.

Detesta: perder el tiempo y estar de acuerdo con Sher (bueno, solo un poco).

Sueña con: protagonizar un capítulo de *Po&Rot*, su serie de misterio preferida.

LOCK

CUADERNO DE NOTAS DE GUADSON

Cuatro de la madrugada. Revisión de las cámaras de seguridad del puerto de Albatros. La ciudad está en calma.

Veo un barco que se acerca al puerto con todas las luces apagadas. En el muelle, un camión amarillo, también sin luces, espera bajo una farola que no da luz.

Junto al camión hay dos hombres: Uno alto con boina morada y bigote rizado, y otro bajo y regordete con chaleco amarillo y pantalones de cuadros que hace pompas con un chicle.

Cuando el barco atraca en el puerto, el del chaleco amarillo y los pantalones de cuadros escupe el chicle y se mete otro nuevo en la boca. El alto se atusa el bigote y se ajusta la boina a la cabeza. Con la ayuda de la tripulación del barco, comienzan a descargar grandes cajas de madera.

Por suerte, las cámaras que instalé en el puerto también registran sonidos. Se escucha un fuerte golpe y un alarido dentro de la última de las cajas, la más grande, que mueven con la ayuda de una carretilla. El del chaleco y el de la boina pegan un bote que hace que se tambaleen.

—¿Podrías hacerme el favor de no ser tan torpe, pedazo de tonel con patas? —dice el de la boina al del chaleco.

—Oh, por supuesto. Y tú, ¿serías tan amable de cerrar tu boca de murciélago con caries? —responde el del chaleco al de la boina.

Cruzan sus miradas y, sin decirse nada más, aprietan el paso, refunfuñando, para subir la caja en el camión. Una vez están todas las cajas dentro, suspiran. Parecen aliviados. El alto con bigote rizado se limpia el sudor de la frente con la boina y el regordete del chaleco amarillo hace una pompa con el chicle. Luego sacan un fajo de billetes y se los entregan a los del barco.

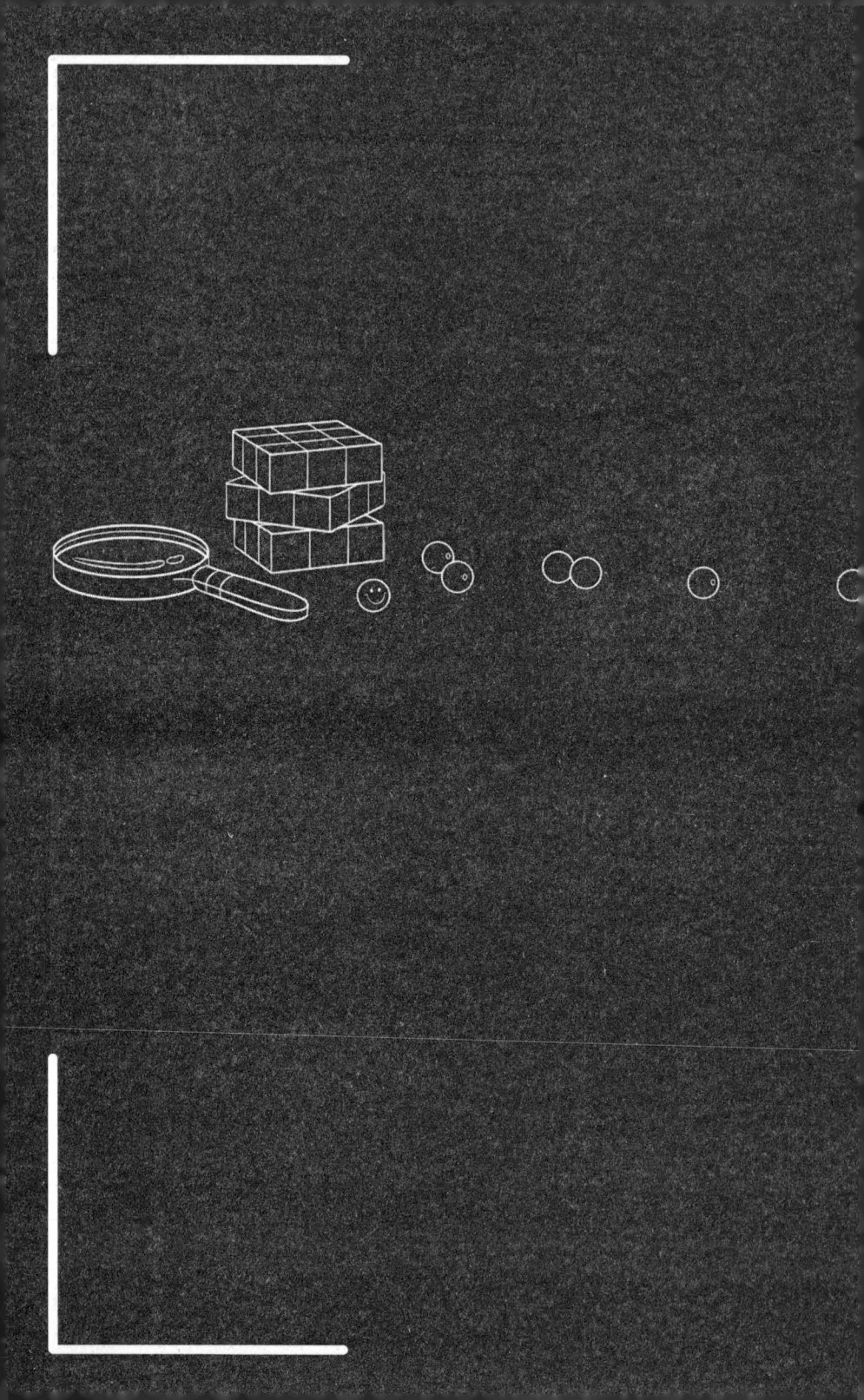

CAPÍTULO 1

ENTRE PULSERAS Y CUBOS DE RUBIK

Sergio y Lorena avanzaban por la avenida principal de Albatros a cincuenta kilómetros por hora. Iban montados en un patinete y agarrados al camión de la basura. Sergio gritaba que iba a morir sin haber resuelto nunca un cubo de Rubik, mientras Lorena apartaba las mondas de plátano que volaban del camión a su cara.

—Deja de gimoteeearrrfapuaj –dijo Lorena mientras una cáscara de plátano le daba de lleno en la boca.

Estaban a punto de resolver su primer caso juntos. O de morir en el intento. Si una semana antes se lo hubieran dicho, no lo habrían creído. Y todo era por culpa

de ese trabajo de Matemáticas. En realidad, por culpa de Sara, que se empeñó en probarse una de las pulseras de Lorena. Aunque era por culpa de la tía de Lorena, en realidad, que le regaló aquel kit para hacer pulseras. Bueno, en realidad, todo era culpa de las pulseras.

UNA SEMANA ANTES...

–Lorena, por favor, cámbiate de sitio y ponte aquí, en primera fila, junto a María –dijo Guadalupe, la profe de Matemáticas.

Sara había roto una de **las pulseras de Lorena** cuando intentaba probársela. Las cuentas de colores salieron disparadas por toda la clase.

Lorena resopló y miró a Sara con ojos asesinos, fastidiada. Se había quedado sin una de las pulseras que más horas le había costado hacer.

A regañadientes, cogió sus libros y el estuche, y se sentó al lado de María.

Todo el mundo sabe que sentarse en primera fila es lo peor. Si estás en primera fila solo ves la mesa de la profe y la pizarra. En cambio, en la última, tienes una visión panorámica de toda la clase. Y a Lorena eso le gustaba. Como buena fan de las novelas de Sherlock Holmes y las series de detectives, quería tener todo controlado. Desde atrás, podía ver a Paul dibujando animales en su cuaderno, a Nikita escuchando música con los cascos y trasteando con la calculadora, a María sacándose un moco mientras miraba su álbum de cartas Pokémon, y a **Sergio juguetear con uno de sus cientos de cubos de Rubik.** Cubos que, por cierto, jamás había resuelto.

Cuando Lorena llegó al lado de María, repasó el pupitre con la mirada antes de dejar las cosas. Con el trajín de la pulsera rota no había podido localizar **dónde estaba pegado el moco** que María amasaba como si fuera plastilina hacía unos minutos. Sin embargo, pronto se dio cuenta de que el moco desaparecido no era el mayor de sus problemas. El mayor de sus problemas lo tenía sentado justo detrás: **Sergio**.

Y es que, aunque Sergio era incapaz de hacerle daño a una hormiga, no podía estarse quieto ni un segundo, así que no paraba de mover las piernas y darle paladitas a Lorena por debajo de la mesa. Por no hablar del constante **cracrá de su cubo de Rubik**, que era como una taladradora en la oreja de Lorena. La niña notó un tic nervioso en el ojo.

¿Puedes estarte quietecito con el cubo y las patadas?

Sergio estaba tan concentrado en su cubo que ni siquiera la escuchó y continuó con su bucle de patadas y sus cracrás. Hay pocas cosas que saquen de sus casillas a Lorena, pero las pataditas y el cracrá son dos de ellas. Sin avisar, se dio la vuelta y le arrancó a Sergio el cubo de las manos.

¡Eh! ¡Devuélvemelo!

—Objetivo conseguido —dijo Lorena mientras sacudía su larga melena—. **Pataditas desactivadas**.

Lo que no esperaba ella era que el buenazo de Sergio contraatacara. Podía soportar muchas cosas, pero no que le quitaran un cubo de Rubik de las manos.

—**¡Eh! ¡Acelga pocha! ¡Que me lo devuelvas!**

—**No te escucho, Cuadraditos** —respondió Lorena mientras metía el cubo en su mochila.

Sergio se abalanzó por encima de la mesa sobre el brazo derecho de Lorena e intentó arrancarle una de las pulseras. La niña reaccionó a tiempo para sujetarla con fuerza y evitar dos cosas: que se la llevara o, lo que era peor, que se la rompiera. Era la segunda pulsera que más le había costado hacer, no podía permitir más víctimas entre sus joyas.

Guada, que era como llamaban a la profe, dejó de explicar los números romanos en la pizarra, se dio la vuelta y les dedicó a los niños una de sus **MIRADAS PARALIZANTES**. No es que tuviera superpoderes ni nada de eso, pero cualquiera que recibiera **ESA mirada** de Guada, temía por su vida, por la de su familia, por la de sus mascotas, por la de las garrapatas de sus mascotas, por la de sus plantas e incluso por la de los pulgones de las plantas. Sergio y Lorena se quedaron paralizados (ese es el efecto de la mirada paralizante), él incorporado sobre la mesa agarrando la muñeca derecha de Lorena y ella sujetando la de Sergio.

Guada se ajustó sus gafas de

pasta azules y luego inclinó la cabeza en modo lechuza cabreada. Su perfecto y tirantísimo moño se inclinó con ella.

–¡**Sergio y Lorena**! –dijo con aquella voz capaz de congelar el mismísimo Infierno–. **Me tenéis hasta el gorro**. Todo el día con vuestras tonterías. Que si el cubo, que si las pulseras, que si ¡qué se yo!

–Pero... –intentó decir Lorena

–**CHSSS** –dijo Guada **levantando el dedo** índice.

–**ES QUE...** –quiso intentarlo Sergio.

–**CHSSS** –repitió la profesora–. No os va a quedar más remedio que aprender a relacionaros sin discutir. Así que acabo de tomar una decisión: haréis juntos el trabajo sobre los **números romanos**.

Sergio y Lorena continuaban paralizados mirando a Guada con los ojos tan abiertos como dos ranas con insomnio.

–Ya os podéis poner las pilas: mañana a las tres y diez os espero en mi despacho para que me presentéis un resumen con los puntos que vais a trabajar.

SERGIO Y LORENA. UN TRABAJO JUNTOS.

Hay momentos en la vida en el que las mentes de los niños son capaces de sincronizarse.

«Con el señor Cuadraditos y sus cubos de Rubik sin resolver», pensó Lorena.

«Con la señora Pulseritas y su cara de acelga», pensó Sergio.

Y ese, sin duda, era uno de aquellos momentos:

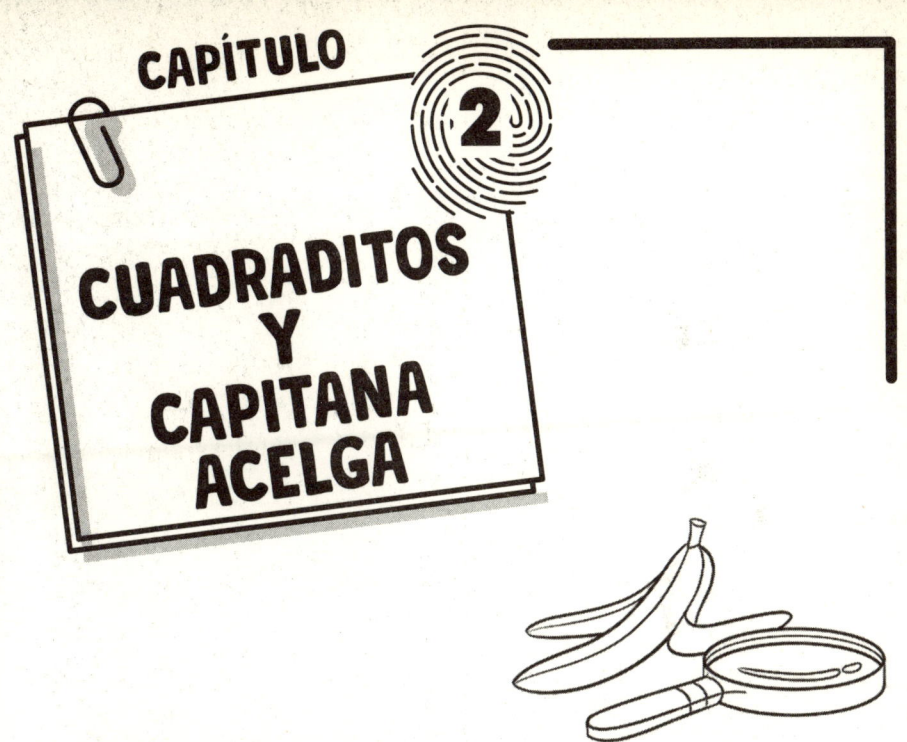

CAPÍTULO **2**

CUADRADITOS Y CAPITANA ACELGA

La habitación de Sergio estaba repleta de cubos de Rubik. Y de objetos relacionados con *Minecraft,* **todos construidos con bloques**. Lorena puso los ojos en blanco nada más entrar. Habían quedado aquella tarde para hacer el resumen que les había mandado Guada.

　　–¿A ti qué te pasa con los cubos? ¿Tienes algún tipo de trastorno?

　　–Tengo el mismo trastorno que tú con las pulseritas.

　　Lorena le dio la espalda y sus ojos se toparon con **una estantería llena de libros de Sherlock Holmes**.

　　–¿Te gusta Sherlock? –preguntó.

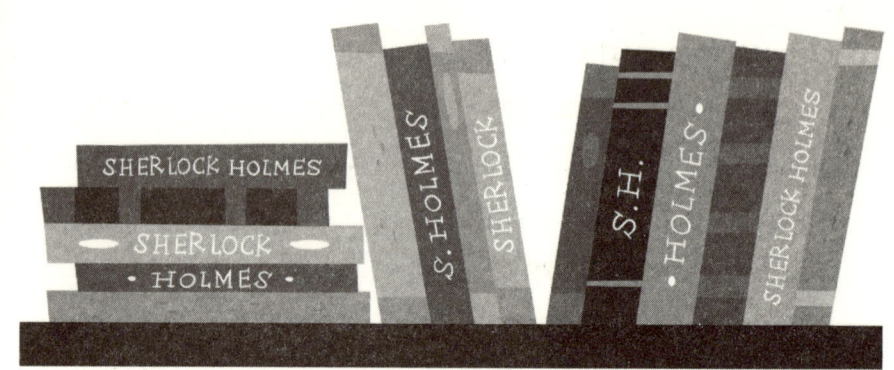

–**¡Me encanta!** –contestó Sergio.

–Increíble, tenemos algo en común. –Se sorprendió Lorena.

–Bueno, ¿a quién no le gusta? –respondió Sergio.

A ninguno de los dos le apetecía tener nada en común. Preferían odiarse como siempre. Fue entonces cuando Lorena vio **un póster de *Po & Rot*, su serie de detectives favorita**, colgado en la pared. Casi se le caen las gafas de la impresión. ¿Otra cosa en común con el friki de Sergio?

–¿Te gusta *Po & Rot*? –preguntó Sergio.

–**Ni de broma** –mintió como una bellaca mientras se ajustaba las gafas. Adoraba *Po & Rot* y su sueño más secreto era poder protagonizar algún día una serie de detectives.

–¿Qué te gusta, entonces?

–Dibujar *smileys*, me relaja mucho. Y el vóley, aunque ahora con el polideportivo cerrado por lo de las humedades no podemos entrenar.

Sergio no era muy amigo de los deportes. Se cansaba con solo pensar en correr. Únicamente le gustaba la velocidad en las montañas rusas de los parques de atracciones.

–Yo soy más de jugar a *Minecraft* –dijo contento de no tener eso en común con Lorena.

–Sí, ya veo tu obsesión con los cubos, bloques y cuadraditos en general.

Sergio resopló. Era peor que una cagalera.

–Bueno, ¿nos dejamos de cháchara y empezamos con el trabajo? –dijo Lorena sacando su tableta.

A sus órdenes, capitana Acelga.

Eran las 15.03 del día siguiente.

—Guada dijo que estuviéramos a las **15.07**.

—No dijo a las 15.07, dijo a las **15.10**.

—Lo tengo apuntado en la tableta.

—Y yo en la cabeza.

—Pfff, pues vaya cosa.

—Eres peor que morder un limón. No, perdón, peor que morder dos limones.

La puerta del despacho parecía cerrada. Sin embargo, cuando Lorena llamó, cedió sin esfuerzo.

La profesora no estaba.

—Te lo dije, era a las 15.10. Si es que eres muy cabezo...

Lorena le tapó la boca a Sergio para que se callara. Entonces el niño miró hacia donde miraba su compañera.

—Esto no es un despacho de profe de Mates —dijo Sergio mientras apartaba la mano de Lorena.

—Estar de acuerdo contigo es un fastidio.

—Hum. ¿Quién es realmente Guada? —preguntó Lorena con tono misterioso.

La voz que podía congelar hasta el mismísimo Infierno sonó a sus espaldas.

—Una espía secreta.

CAPÍTULO 3

LA PROFE DE MATES ES UNA ESPÍA

Los niños pegaron un bote. **La profesora que no era una profesora, sino una espía secreta**, cerró la puerta de golpe. Los niños pegaron otro bote.

–**Llegáis pronto** –dijo la profesora que no era una profesora mirando un reloj inteligente con pantalla que llevaba en la muñeca.

Guada guardó silencio durante unos segundos mientras los fulminaba con su mirada paralizante.

–Bueno, ya que estáis aquí al menos me podréis ser útiles –dijo al fin mientras se quitaba el jersey–. Necesito ayuda con un caso, y **me vendrían bien dos espías infiltrados en el colegio**.

Los niños miraban boquiabiertos a la profesora que no era una profesora, sino una espía. Bajo su ropa, Guada llevaba un mono negro. Poco a poco se fue quitando prendas hasta cambiar su aspecto de profe de Mates por el de algo parecido a una **superheroína**.

–¿Un caso? –preguntó Lorena.

–¿Infiltrarnos? –preguntó Sergio.

–Sí, veréis. Además de profe de Mates soy espía secreta, como ya os he dicho, y trabajo para la **SIA**, la **School Investigators Association**. –Guada se quitó las gafas de pasta azul y sus bailarinas marrones, y las cambió por unas deportivas negras. Nos dedicamos a resolver casos que afectan al colegio de Albatros. Y son unos cuantos, no creáis.

–Pero... –interrumpió Lorena.

–**CHSSS** –soltó la espía levantando su dedo índice.

–**ES QUE...** –quiso intervenir Sergio.

–**CHSSS** –dijo la espía de nuevo–. Contestaré a vuestras preguntas. ¡Ah! Y solo soy Guadalupe en clase de Mates. Cuando estemos a solas, llamadme por mi nombre en clave: Guadson.

Tras decir esto, cogió su moño con una mano y tiró de él. Por suerte, se trataba de una peluca. Bajo el moño, apareció una larga melena azul.

–Bueno, ¿pensáis ayudarme o no?

No tuvieron que pensarlo ni un segundo. Aunque odiaban estar de acuerdo, los dos dijeron a la vez:

–¡Claro!

–Bien, pues lo primero que tenéis que hacer es memorizar una serie de normas fundamentales para ser espías y formar parte de la SIA.

–Jolin, ¿para ser espía también hay que estudiar? –preguntó Sergio.

–Calla, mendrugo seco –dijo Lorena.

–Para ser espía hay que hacer muchas cosas –contestó Guadson muy seria.

Sergio tragó saliva. La profesora-espía se acercó a uno de los ordenadores del despacho e imprimió dos hojas. Luego les tendió una a cada uno.

–Estas son las normas. Si no estáis dispuestos a cumplirlas o creéis que son demasiado difíciles, todavía podéis echaros atrás en esto de ser espías.

Sergio y Lorena leyeron con atención la hoja que les había pasado Guadson.

LAS NORMAS

1. Ser espía es una de las cosas más supersecretas del mundo... qué digo del mundo, ¡del universo! Así que no le contéis a nadie que sois espías.

2. Debéis estar disponibles a cualquier hora del día y de la noche. Fines de semana incluidos. Aunque, como sois niños, igual por las noches os dejamos dormir.

3. Siempre contestaréis a la llamada de vuestra superior, en este caso la agente Guadson.

4. No llaméis a la agente Guadson así en las clases de Mates. Recordad que su identidad pública es Guadalupe, no la vayáis a liar.

5. Ahora vosotros dos sois compañeros, un equipo, así que, aunque sea un fastidio, tenéis que poneros de acuerdo.

6. Todas vuestras misiones serán ultrasecretas. Esto significa que cuando investiguéis o interroguéis a la gente, debéis hacerlo de forma sutil. «Sutil» significa sin dar el cante. Si no os queda claro, buscad la palabra en el diccionario, que para eso está.

7. Ante cualquier peligro o duda, llamad siempre a vuestro superior, la agente Guadson. No toméis decisiones para las que no estáis preparados. Aunque penséis que sois muy listos, creedme, NO ESTÁIS PREPARADOS.

8. Por último, esto de ser espía es una pasada, es flipante, así que disfrutadlo, incluso aunque os persiga una banda de mafiosos o estéis al borde la asfixia.

Sergio y Lorena terminaron de leer la hoja con las normas. Sus caras estaban blancas como la tiza.

–Bien, ¿aceptáis el reto? –preguntó Guadson.

Los dos asintieron con la cabeza sin decir nada.

–¿Estáis seguros? No lo voy a preguntar dos veces.

–¿Estamos seguros? –preguntó Sergio a Lorena.

–Si, estamos seguros –contestó la niña.

–Pues estamos seguros –contestó Sergio.

–Fantástico –sonrió Guadson.

La espía se acercó a un armario y sacó dos monos negros iguales al suyo. Eran justo de la talla de los niños. El de Sergio, en lugar de llevar pantalón largo, lo llevaba corto, como a él le gustaba.

−Y aquí tenéis vuestro primer caso.

EL MISTERIO DE LOS
PLÁTANOS DESAPARECIDOS

Guadson cogió un mando a distancia y pulsó un botón. Una pantalla grande que estaba en el centro del despacho que no era un despacho se encendió.

−Pfff, eso no parece muy emocionante −dijo Sergio.

−No os dejéis engañar −advirtió Guada con su voz de hielo−. A veces los peores delincuentes se esconden tras las cosas más insignificantes.

¿LISTOS PARA RESOLVER
VUESTRO PRIMER CASO?

CAPÍTULO 4
¿QUIÉN COME TANTA FRUTA?

–Oye, ¿no te parece un poco raro que Guadson tuviera su despacho-cuartel de operaciones ultrasecreto abierto? –preguntó Lorena mientras ella y Sergio avanzaban por el pasillo del colegio–. **Cualquiera podría haber entrado**.

No hacía ni veinticuatro horas que **Guadson les había reclutado como espías para la SIA**.

–Sí, es raro, como lo de los uniformes. ¿Cómo sabía nuestras tallas? Y lo más importante, ¿cómo sabía que odio los pantalones largos? –dijo Sergio mientras observaba su uniforme, que sostenía frente a él.

–Es todo muy misterioso… –reconoció Lorena.

–Mira, vamos a estar de acuerdo otra vez, **capitana Acelga**.

–Ya me estoy arrepintiendo de haber aceptado ser espía contigo, **Cuadraditos**.

Lorena repasaba en la tableta los datos que les había dado Guadson sobre el caso.

–A ver –dijo para concentrarse–. **Hace una semana que están desapareciendo todos los plátanos del colegio.**

–También otras frutas –añadió Sergio.

–Pero, sobre todo, plátanos.

–¿Quién puede comer
tanta fruta?

–La pregunta no es esa –dijo Lorena, que apartó la
tableta y miró a Sergio a los ojos–. La pregunta es:

¿QUÉ NIÑO O NIÑA COME TANTA FRUTA?

Sergio asintió con gesto pensativo.

–Tenemos que interrogar a los alumnos –dijo Lorena.

–Es la hora del recreo, es el
mejor momento –opinó Sergio.

**–Estar de acuerdo es
un fastidio.**

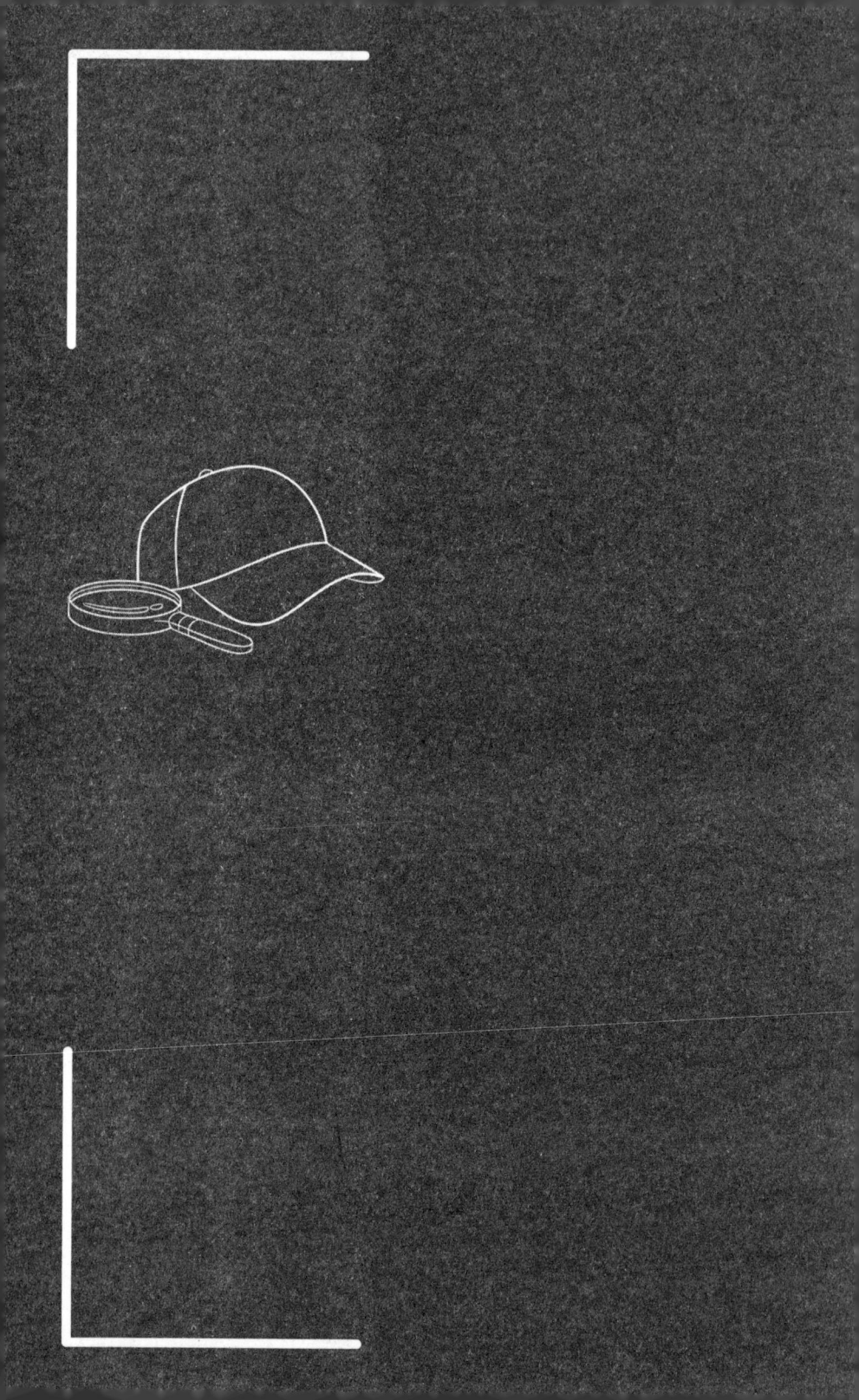

CAPÍTULO 5

DOS ESPÍAS... ¡EN ACCIÓN!

Sergio y Lorena se fueron directos al **patio del colegio**.

Allí había varios grupos dispersos: unos jugaban al fútbol, otros charlaban sentados, y otros, como María, intercambiaban cartas Pokémon. También estaban las **compañeras de vóley de Lorena**, practicando algunos pases con el balón.

–Empezaremos por las de vóley –propuso Sergio.

–¿Y por qué por ellas? ¿Crees que son más sospechosas que tus amigos?

–**Elemental, querida Lore**. Las deportistas coméis mucha fruta, ¿no?

Sergio se dirigió hacia el equipo de vóley.

–Hola, chicas, ¿os puedo preguntar una cosa?

–Si quieres saber la alineación para el próximo partido, no te la vamos a decir. **¿Eres espía de un equipo rival?** –dijo Noe, la capitana del equipo.

Sergio palideció. No llevaba ni un día de espía y ya lo habían descubierto. Lorena apareció por detrás.

–Es broma, hombre –dijo la capitana riéndose–. Ah, hola, Lore. ¿Ahora vas con este? ¿No decías que te ponía de los nervios?

–¡Qué exageradas! –La cara de Lorena se puso del color de una langosta recién cocida–. Es que os queríamos preguntar una cosa...

–Sí, eso nos ha dicho tu amigo.

–Que no es mi amigo...

–El caso –dijo Sergio– es que queríamos saber si os ha desaparecido la fruta de las mochilas.

–¿Y por qué estáis tan interesados en eso? –preguntó Julia.

A Sergio no se le daba bien mentir. Sudaba, le temblaba la voz y **los ojos se le ponían bizcos**.

Por suerte, a Lorena no le pasaba nada de eso.

–Es para otro trabajo de Mates –mintió sin parpadear-. Guada se ha empeñado en juntarnos para que nos llevemos mejor.

–S... **Si** –tartamudeó Sergio con un ojo que ya apuntaba a su nariz.

Las chicas asintieron comprensivas.

Entonces ¿os ha desaparecido fruta?

–¡Sí! –contestaron todas a la vez.

–Ayer traje dos y, cuando abrí la mochila, ya no estaban –explicó Marta.

–A mí me pasó igual –dijo Noe.

Todas coincidían: **la fruta estaba desapareciendo de sus mochilas**.

–¿Y habéis visto algo sospechoso? –preguntó Lorena, que lo apuntaba todo en la tableta.

Las chicas negaron con la cabeza. **Todas, menos una.**

–Yo ayer vi a Sara tirar una monda de plátano en la papelera –dijo Julia.

Sergio y Lorena se miraron con los ojos brillantes como un bote de purpurina. Y entonces ocurrió de nuevo, uno de esos momentos en los que las mentes de los niños son capaces de sincronizarse.

–¡**Se ha escrito un caso**! –los dos dijeron a la vez la famosa frase de *Po & Rot*.

–Pues para no gustarte *Po & Rot* bien que te sabes sus frases –dijo Sergio con una media sonrisilla.

–Bah, no hacen más que ponerla en los anuncios. Se la sabe hasta mi gato –repuso Lorena quitándole importancia–. Ahora tenemos que encontrar a Sara.

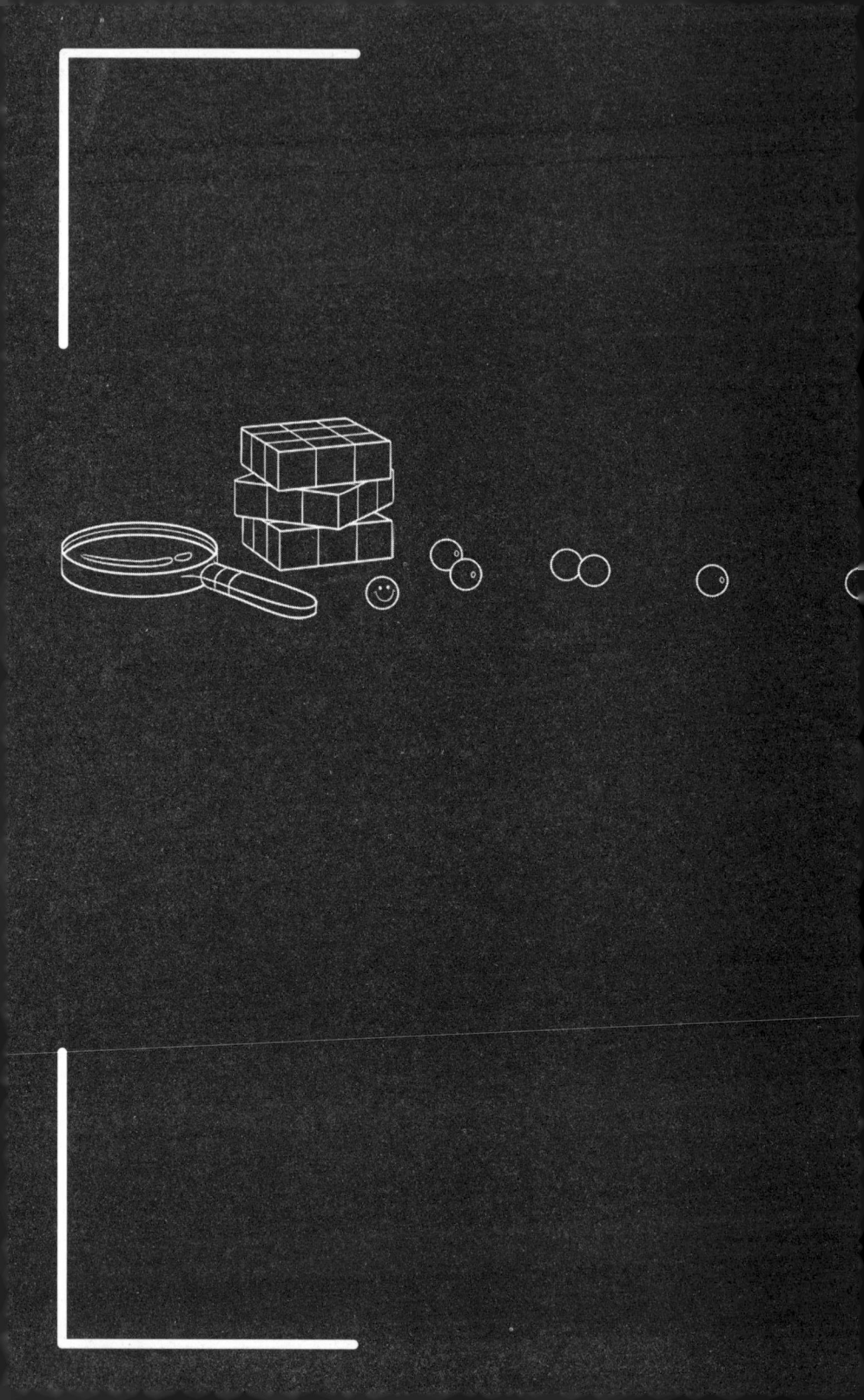

CAPÍTULO 6

LA LISTA DE SOSPECHOSOS

—Si quieres ser espía secreto vas a tener que aprender a mentir —dijo Lorena mientras arrastraba a Sergio por el patio.

—No sé si podré —respondió el niño—. Ahora mismo me siento mareado, como si me acabara de montar cinco veces seguidas en una montaña rusa. ¡Y mira que me gustan las montañas rusas!

—¡Sara! ¡Tenemos que hacerte unas preguntas! —dijo Lorena, que había visto a su compañera de clase y corría hacia ella como un cohete.

Sara puso cara de susto al ver a Lorena dirigirse a ella a tal velocidad. **La niña estaba jugando al fútbol.**

Sergio llegó unos segundos después con la lengua fuera. **El deporte no era lo suyo**.

—Perdona a Lorena —dijo él todavía asfixiado—. Hoy ha comido demasiado azúcar.

Lorena puso cara de pepinillo en vinagre.

—No es eso, solo hago mi trabajo.

—¿Qué trabajo? —preguntó Sara.

—Un trabajo para Mates, ya sabes. Guada, que ahora quiere que hagamos todo juntos —improvisó Lorena de nuevo sin despeinarse.

—Vale... —contestó Sara con cara de no entender nada.

—**Están desapareciendo los plátanos del colegio** —dijo Sergio poniendo su mejor sonrisa—. Y queríamos saber si a ti también te ha desaparecido fruta.

—Ah, sí, como a todos.

Sergio y Lorena intercambiaron miradas.

—**¿Qué tiene que ver la fruta con las mates?** —preguntó Sara.

—Guada quiere que hagamos un recuento de a cuántos niños les ha desaparecido la fruta. Quiere hacer una estadística o no sé qué —dijo Lorena.

—Ah –contestó Sara algo sorprendida–. **Pues sí. A mí me desaparecieron los plátanos.**

—Alguien te vio tirar ayer una monda a la papelera... –dijo Lorena.

Sara se puso roja como una fresa.

—Bueno, yo, yo...

—**¿Es cierto o no?** –insistió Lorena clavando su mirada en la de Sara.

—No la agobies, pobrecilla –dijo Sergio.

—**¿Y tú eres fan de *Po & Rot*?** –se rio Lorena–. ¡Qué poco sabes de interrogatorios profesionales y de ejercer presión sobre el sospechoso!

—**¿Sospechosa?** –preguntó Sara con la cara desencajada.

—No. Bueno, tal vez –titubeó Sergio, bizco de nuevo.

Entonces Sara se derrumbó y se puso a gimotear.

—**¡VALE! ¡SÍ! ME COMÍ UN PLÁTANO.**

—**¡AJÁ!** –dijo Lorena anotando la información en la tableta–. ¿Y de dónde lo sacaste?

—Lo cogí del suelo, ¿vale? Ya sé que es una cochinada, pero es que tenía hambre. ¡Me había olvidado el almuerzo! Y con la desaparición de la fruta tengo el potasio por los suelos. ¡No rindo como delantera centro!

—Vale, vale, tranquila —la calmó Sergio apoyándole la mano en el hombro.

—No seas blandengue —dijo Lorena—. **Puede estar mintiendo**. ¿Y dónde encontraste el plátano?

—¡No miento! Lo encontré cerca del polideportivo.

Sergio, agobiado por ver a Sara al borde del llanto, le dio un abrazo. Lorena suspiró.

—De acuerdo, ya sabemos lo que necesitamos.

SIGUIENTE PARADA: EL POLIDEPORTIVO.

—Como sigas así, Guadson te va a echar del caso. **¡No puedes ser tan blando!**

—Es que me ha dado pena —contestó Sergio—. Además, Guadson dijo que debíamos ser discretos. Y tú no eres la reina del disimulo. Casi le da un infarto a la pobre Sara.

En los escalones de entrada al polideportivo encontraron a Paul, **el hijo del conserje**. Estaba sentado dibujando en su cuaderno, como siempre.

—**Hola, Paul** –dijo Lorena con la mejor de sus sonrisas. Tras el disgusto de Sara y la bronca de Sergio, había decidido cambiar de estrategia–. ¿Qué haces?

—¡Ah! Hola. –Paul cerró el cuaderno–. Nada, dibujando.

—¿Sabes lo de los plátanos desaparecidos? –preguntó Sergio.

—Sí, algo he oído –dijo Paul rascándose con el lápiz detrás de la oreja–. Pero no sé mucho. **No como fruta**.

Sergio y Lorena sabían que eso era cierto. Paul **solo comía bollos y bocadillos de chorizo**.

—¿Has visto algo raro? –insistió Lorena–. Parece ser que ayer encontraron un plátano aquí cerca.

–No –respondió Paul.

Los tres se miraron en silencio.

–¿Por qué no preguntáis en la cocina? –propuso finalmente Paul para terminar con la tensión.

–BUENA IDEA –dijo Sergio.

–¿Qué estabas dibujando? –disparó Lorena como una metralleta sin apartar sus ojos de Paul.

–Animales.

¿Podemos verlos?

Paul apretó el cuaderno contra su pecho.

–Me da vergüenza –contestó al fin.

Lorena le atravesó con la mirada. La cara de susto de Paul iba en aumento, como si en lugar de una niña, tuviera ante él al **mismísimo Voldemort**.

–Claro, lo entendemos –dijo Sergio agarrando a Lorena del brazo–. Vamos a la cocina a preguntar.

Lorena al fin se dejó arrastrar por Sergio.

–No trates así a los interrogados. **¡Los asustas!**

–Bueno, de eso se trata, ¿no? **Hay que intimidarlos para que confiesen**.

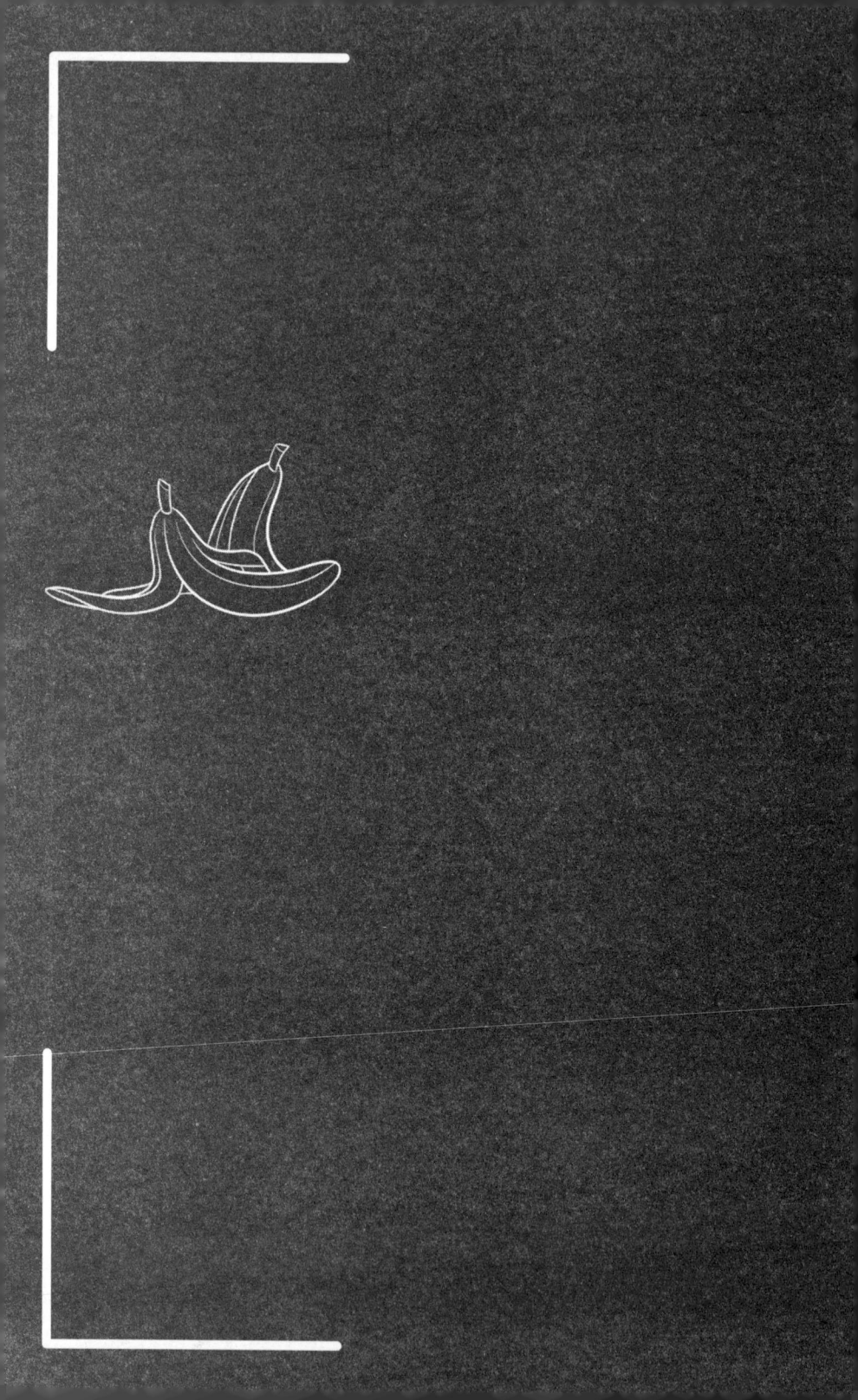

CAPÍTULO 7

JUDÍAS VERDES

Ya en la **cocina del colegio**, Sergio y Lorena preguntaron a las cocineras por el asunto de los plátanos. Esta vez llevó la voz cantante Sergio. No quería que Lorena las cabreara con sus métodos de presión. Todas confirmaron la noticia: **los plátanos estaban desapareciendo por docenas**.

La cocina parecía un hormiguero en hora punta. Los cocineros preparaban la comida de ese día: **judías verdes** y pescado rebozado.

–¿Por qué no prohíben las judías verdes de una vez? –dijo Sergio mirando al techo–. ¿Por qué torturáis a los niños con esas cosas que parecen flemas infectadas?

¡Ladrón de plátanos, ten piedad y llévate las judías!

–Déjate de judías y céntrate. Tenemos que entrar en la despensa. Allí puede haber alguna pista.

Aprovecharon el jaleo de la cocina para colarse disimuladamente en la despensa. Su sorpresa fue tremenda cuando encontraron allí a María rebuscando por las baldas repletas de alimentos.

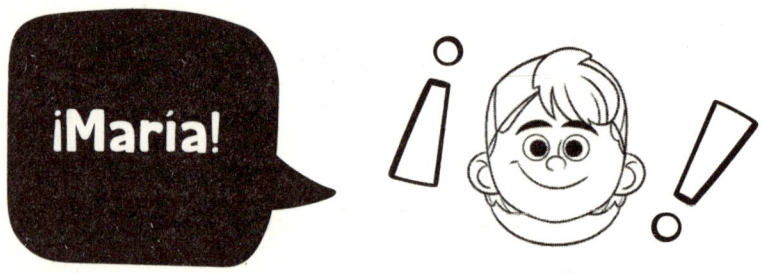

¡María!

La niña pegó tal bote que se dio con una de las estanterías en la cabeza.

–¿No decías que fuéramos delicados? –dijo Lorena.

–¿Qué haces aquí? –preguntó Sergio, más bajito.

–Nada, es que... Estaba mirando si podía picar algo.

–¿Algo como plátanos u otro tipo de fruta? –preguntó Lorena sin andarse con rodeos.

–Eh... Cualquier cosita para matar el gusanillo –dijo María frotándose el lugar donde se había golpeado.

—**Pero ¿qué hacéis aquí?** –escucharon a sus espaldas.

Los tres se giraron sobresaltados. Una cocinera los había descubierto.

—O salís en menos que canta un gallo, o lo que os vais a comer hoy va a ser un parte a la dirección.

—Mejor eso que judías –dijo Sergio cabizbajo.

Los tres niños salieron de la despensa y **María aprovechó para adelantarse y desaparecer** de la vista de Sergio y Lorena.

Una vez fuera de la cocina y del comedor, la pareja

de investigadores se sentó en las escaleras que daban acceso al patio.

–Bien, repasemos –dijo Lorena, tableta en mano, tras comprobar que no había nadie cerca–. **De momento, tenemos tres sospechosos: María, Paul y Sara.**

–Esa es la gracia de los sospechosos, que muchas veces lo parecen y otras tantas no. **SARA** ha confesado comerse un plátano, **PAUL** estaba en el lugar en el que apareció el plátano y, además, no quería enseñarnos lo que había en su cuaderno. Y **MARÍA**, bueno, a María poco nos ha faltado para pillarla con las manos en la masa. Podría llevar un plátano escondido en los bolsillos o bajo la sudadera.

Enviaron la lista de sospechosos a Guadson y se quedaron pensativos. Sergio sacó su cubo de Rubik y se puso a girarlo. Lorena cogió boli y papel y empezó a dibujar *smileys*.

–¿Qué pasa? ¿No os lavasteis los oídos ayer? –Alfredo, el conserje, se había plantado delante de ellos con las manos en las caderas.

Sergio y Lorena levantaron la mirada sin entender.

–Hace cinco minutos que ha sonado el timbre –dijo Alfredo–. **¡LLEGÁIS TARDE A CLASE!**

SOSPECHOSOS

SARA

PERO:

- TENÍA UNA BUENA EXCUSA..

PAUL

PERO:

- NO COME FRUTA.

MARÍA

PERO:

- NO LLEVABA NINGÚN PLÁTANO, AL MENOS A LA VISTA.

CAPÍTULO 8

DE INCÓGNITO

Tras el recreo, **tocaba clase de Lengua**. Sergio y Lorena llegaron corriendo. Sin darse cuenta y sin que nadie les obligara a ello, en lugar de sentarse en sus respectivos sitios, se pusieron juntos al final de la clase.

–¡Vaya! ¡Qué sorpresa! –dijo Antonio, el profesor de Lengua–. Sergio y Lorena juntos. ¡Y por propia iniciativa! ¿Os han echado algo raro en la comida?

ANTONIO empezó a partirse de la risa –se reía siempre de **sus propios chistes** y comentarios de forma muy escandalosa–, mientras el resto de la clase se giraba a mirar la última fila. Sergio y Lorena notaron veinticinco pares de ojos (es decir, cincuenta ojos) clavados en ellos. Sus mejillas se pusieron como **la manzana de Blancanieves** y se dieron cuenta de que habían cometido un error de espías principiantes, que, al fin y al cabo, es lo que eran.

—Es cosa de Guada —mintió Lorena—. Quiere que nos llevemos bien sí o sí.

La niña sabía perfectamente que Guadalupe, alias Guadson, respaldaría su versión si Antonio le preguntaba.

—Ufff —dijo Sergio aliviado—. Ahora mismo **adoro que seas una mentirosa profesional**.

Lorena le guiñó un ojo satisfecha y sacudió su melena hacia atrás.

—Ya veo –dijo Antonio–. Si alguien hubiera hecho eso con Quevedo y Góngora, la historia de la literatura no sería la misma. –Solo él entendía sus gracias.

¿A qué se refiere?

—**Ni idea** –respondió Lorena encogiéndose de hombros–. Pero seguro que significa que la decisión de Guada de ponernos juntos no le parece bien. Se odian.

—Querrás decir la decisión de Guada que acabas de inventarte. –Sergio y Lorena rieron por lo bajo.

Mientras Antonio analizaba frases en la pizarra, Sergio y Lorena aprovecharon para observar a sus compañeros: **PAUL** seguía dibujando en su cuaderno. Lorena se moría de curiosidad por echar un vistazo a sus dibujos. **MARÍA** abría por debajo de la mesa unos sobres de cartas Pokémon. **SARA** apartaba la mirada cada vez que se encontraba con la de Sergio o Lorena.

Por otro lado, estaba **NIKITA**, que pasaba de las clases olímpicamente. Llevaba unos cascos que ocultaba con su larga melena rubia. No se veían, pero toda la clase, incluidos los profesores, sabían que los llevaba puestos. La daban por imposible.

Lorena anotaba cualquier movimiento:

- *Marcos se saca la cera de las orejas con un boli. ¡Qué asco!*
- *Lucas se corta las uñas con las tijeras de Plástica. ¡Ya era hora, parecía un velocirráptor!*
- *Claudio se está quedando grogui y da cabezadas cada poco tiempo. La mesa está hecha un asco con tanta baba.*

–¿Por qué anotas esas chorradas? –preguntó Sergio.

–Los detalles son importantes, Cuadraditos.

Sergio suspiró y puso los ojos en blanco imitando a Lorena.

Después de Lengua les tocaba **Mates con Guadalupe**. Al llegar la profesora y cruzarse con Antonio, este le soltó su gracia sobre Góngora y Quevedo refiriéndose a Sergio y Lorena. Guada se limitó a callar, apretar los labios y lanzarle una de sus **MIRADAS PA-RALIZANTES**. En menos de dos segundos, Antonio había recogido sus cosas y se había largado del aula.

–**Lorena, Sergio** –dijo Guada con su voz de hielo y su moño tirantísimo–. **Luego quiero veros a los dos en mi despacho.**

Los niños tragaron saliva. ¿Ya la habían liado? ¿Habían sido demasiado duros en sus interrogatorios? ¿Demasiado blandos? ¿Sentarse juntos había sido una auténtica metedura de pata? **Estaban tan preocupados por perder su trabajo de espías** nada más empezar que no dijeron ni pío durante toda la clase.

CAPÍTULO 9

¡MANOS AL CASO!

Cuando sonó el timbre, Guadalupe recogió sus cosas a toda prisa.

Sergio y Lorena debían ir a su despacho, así que los demás niños los miraban con cara de lástima. Todos conocían el carácter de Guadalupe, y más cuando se mosqueaba. Podía ser peor que un tsunami, peor que un volcán en plena erupción, **peor incluso que las judías verdes**.

Los niños llegaron al despacho y Lorena llamó a la puerta. Jamás habrían imaginado que **existiera algo peor que ir al despacho de Guadalupe** para hacer un trabajo de los números romanos. Pero existía: **que te despidieran de ser espía nada más haber empezado**.

–Buen trabajo –dijo Guadson–. He echado un vistazo a vuestra lista de sospechosos y cualquiera podría ser el causante de la desaparición de los plátanos.

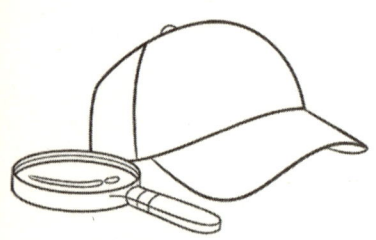

Los niños respiraron aliviados.

–O también puede ser –continuó Guadson– que **ninguno de ellos sea el culpable**.

–Tranquila, Guadson, les apretaremos más las tuercas –dijo Lorena.

–No os pongáis nerviosos –los calmó–. Para ser espía hace falta tener paciencia y observar.

–¿Y si tenemos tres sospechosos? –preguntó Lorena–. ¿A quién empezamos a observar?

–Tenéis que observarlos **a todos** –contestó Guadson–. Pero podéis empezar por el que os genere más preguntas, es decir, por el único que no os haya dado una explicación convincente.

–MARÍA –dijeron los dos a la vez.

–Eso no significa que María sea la culpable –apuntó Guadson–. A veces los que parecen más culpables no tienen nada

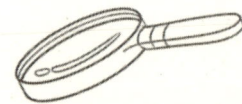

que ver. Y al revés. Pero pueden suceder dos cosas: que sea la culpable y se cierre el caso, o que no lo sea y podáis descartar a uno de los sospechosos.

Jo... Esto es más difícil que el trabajo de números romanos.

Al terminar las clases, Sergio y Lorena se pusieron sus uniformes para ir de incógnito y seguir a María en su trayecto a casa. Guadson les había dado un patinete para desplazarse más rápido.

—Guadson será una superespía pero es un poco rácana. ¡Ya nos podía haber dado dos patinetes! —se quejó Sergio, que iba agarrado a Lorena, quien conducía el cacharro. Se le metía su melena en la boca—. **¡PUAJ!**

—Dímelo a mí, que tengo que llevarte detrás, agarrado como un mono.

—Estar de acuerdo es un fastidio.

María se metió en el parque y se sentó en un banco. Estaba entretenida mirando sus cartas Pokémon. Sergio y Lorena espiaron a María escondidos tras un seto.

**–La sospechosa mira las car-
tas con mucho interés**. –Lorena grababa lo que decía en
la tableta–. Como si fueran un tesoro.

–No veo relación con los **plátanos** –dijo Sergio.

–Porque tu mente es cuadriculada como un cubo de
Rubik –dijo Lorena.

–Para que lo sepas, también hay cubos de Rubik que
no son cuadrados y, a no ser que María sea un **Pokémon adicto a los plátanos**, no veo ninguna relación.

Lorena se quedó pensativa.

–**Nueva línea de investigación**:

COMPROBAR SI MARÍA ES UN POKÉMON.

Seguían escondidos tras el seto cuando vieron a **PAUL** con una mochila de deporte.

–¿Dónde irá? Si el deporte le da repelús.

–A lo mejor lleva material de pintura. Como le gusta tanto dibujar... –dijo Sergio.

–A ver si te enteras, Cuadraditos, siempre hay que darle más vueltas al asunto, ir un paso por delante...

–**¡Que se nos escapa!** –gritó Sergio.

Lorena giró la cabeza y vio como **MARÍA** se alejaba.

Los niños salieron del seto, se montaron en el patinete y corrieron tras ella. En ese momento, **SARA** cruzó la calle en dirección al parque.

–**Se nos están acumulando los sospechosos** –dijo Sergio agobiado–. Me estoy mareando.

Una moto pasó veloz por la carretera que daba al parque y se subió a la acera. Los niños tuvieron que dar un bote para evitar que los atropellara.

Al girarse, lo que vieron los dejó de piedra. La moto pegó un frenazo que provocó una pequeña humareda. Había parado junto a Paul y, en esos segundos de confusión, el conductor agarró al niño por la mochila, lo subió a la moto como si fuera un monigote y arrancó de nuevo.

Los niños se quedaron de piedra y Sergio gritó: **«¡HAN SECUESTRADO A PAUL!»**.

Corrieron tras la moto, que dejaba un rastro de plátanos que caían directos de la mochila de Paul.

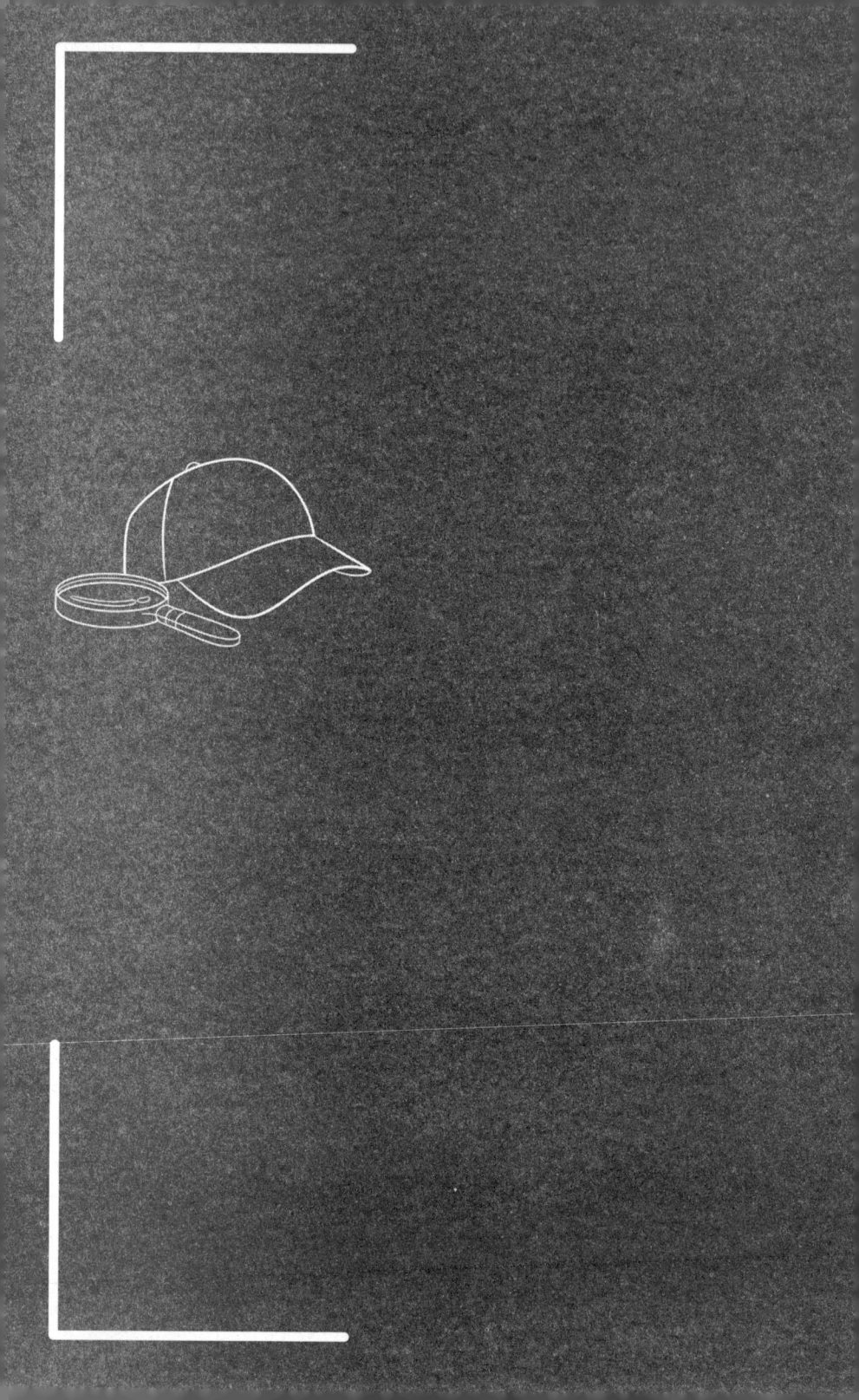

CAPÍTULO 10

EL LADRÓN DE PLÁTANOS

Sin pensárselo dos veces, dejaron de seguir a María, cambiaron el sentido de la marcha y siguieron a la moto subidos en el patinete. **Lorena a los mandos, Sergio agarrado a su mochila**. Por desgracia, el patinete no tenía la velocidad suficiente, así que Sergio agarró de pronto el retrovisor de un coche en marcha para coger velocidad. Eso sí que le gustaba. Igual que en una montaña rusa.

–**¡Yujuuu!** –gritó animado por la emoción y la adrenalina.

–Vaya con la mosquita muerta –dijo Lorena.

Por suerte, **Paul iba perdiendo plátanos mien-**

tras avanzaba subido a la moto que lo había secuestrado. Gracias a eso, Sergio y Lorena pudieron seguir el rastro. Gracias a eso, a que la moto era un cacharro viejo que tampoco corría tanto y a que, al ser una **ZONA ESCOLAR**, la velocidad estaba limitada.

Circulaban por una de las principales avenidas de Albatros. El tráfico habitual y los semáforos permitieron a Sergio y Lorena **seguir a Paul y su rastro de plátanos** sin problemas. Llegaron a los límites de la ciudad y la moto tomó una carretera secundaria. Se dirigían a las afueras, a la **ZONA DEL POLÍGONO IN-DUSTRIAL** y el cementerio. Las cosas se complicaban para Sergio y Lorena.

—Ya sabemos quién robó los plátanos —gritó Sergio.

—Ahora solo falta descubrir por qué —contestó ella.

—Y también saber por qué han secuestrado a Paul.

Los niños rieron juntos. Quizá no era tan espantoso estar de acuerdo, a veces.

—**¡SUÉLTATE!** —gritó de repente Lorena.

El coche al que Sergio iba agarrado se desviaba por un camino diferente al de la moto. Sergio se soltó.

—**¡Se nos escapa la moto!** —dijo Sergio.

—¡Ya lo sé! **¡Deja de gritarme en la oreja!**

—**¡Es que, si no, no me oyes!**

—Eso es lo que quiero: **¡NO OÍRTE!**

Lorena comenzó a impulsarse con el pie. Iban a buena velocidad, la niña era deportista y tenía aguante, pero eso no era suficiente. La moto, aunque lenta, iba desapareciendo de su campo de visión.

–¡COCHE! –Sergio vio cómo un coche negro y alargado los adelantaba.

El niño se agarró al retrovisor derecho del coche justo a tiempo. Se agacharon para que el conductor no los viera. Sergio miró hacia arriba.

–¡Aaah!

–¡Que no me grites en la oreja! ¿Qué te pasa ahora?

–¡Hay un muerto, **hay un muerto!**

Lorena miró también hacia arriba. Efectivamente, se habían agarrado a un coche fúnebre que llevaba dentro un ataúd.

—Esto da mala suerte. ¡Ya lo dice mi abuela!

—Lo que da mala suerte es llevarte a ti pegado a la chepa gritándome en la oreja todo el rato.

Segundos después, vieron que **el rastro de plátanos se desviaba hacia el polígono industrial**. Cuando estuvieron a la altura del desvío, Sergio soltó el retrovisor. En ese momento, el conductor del coche fúnebre miró por la ventanilla y vio a Sergio saludando con el brazo.

—**¡Buena vida!** –gritó–. **O buena muerte...**

Entraron en el polígono industrial y siguieron el rastro de plátanos. Llegaron hasta una nave que parecía abandonada. **Allí estaba aparcada la moto del secuestrador.**

TAMBIÉN UN CAMIÓN AMARILLO.

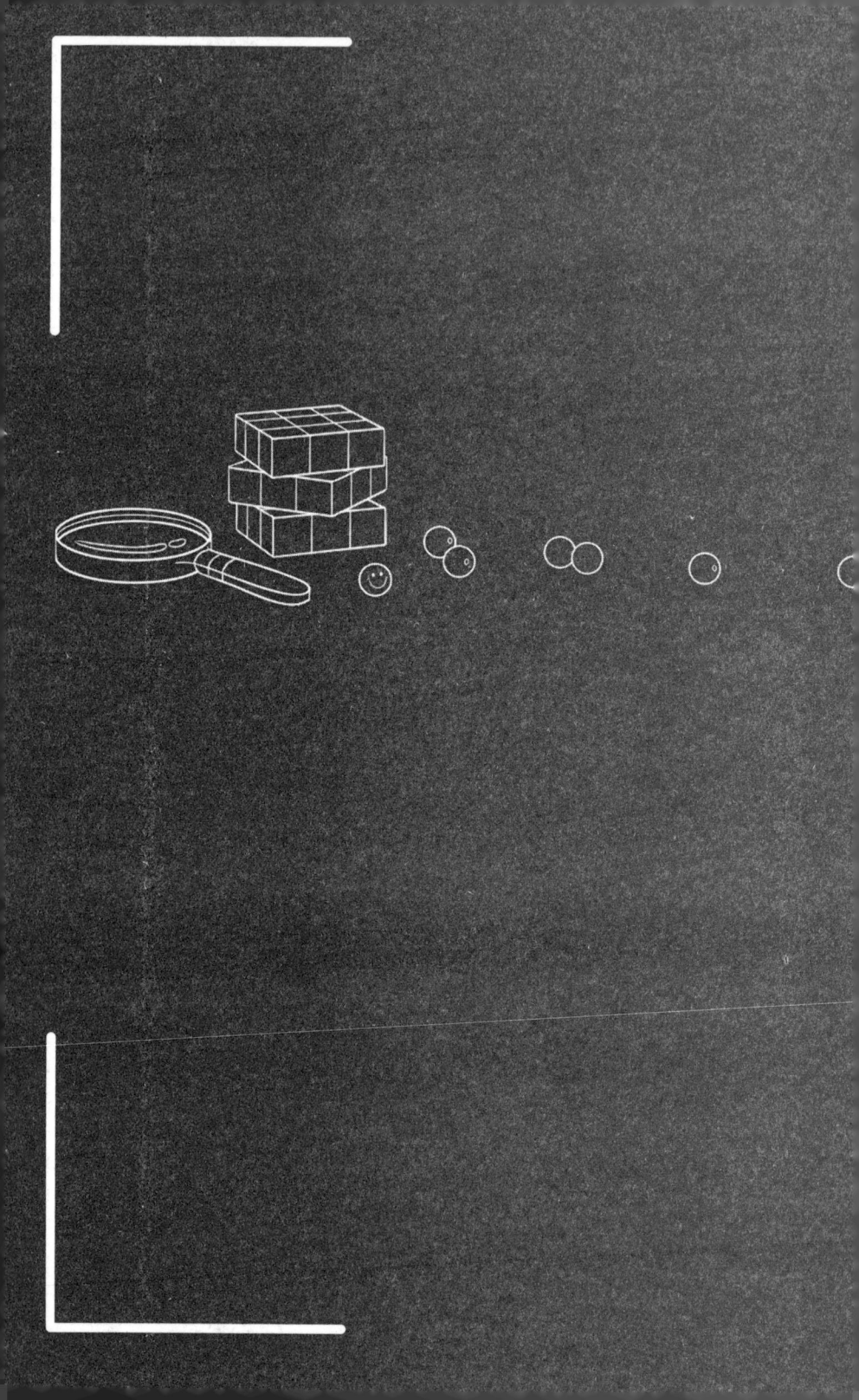

CAPÍTULO 11

OPERACIÓN: RESCATAR A PAUL

–**¿Podrías hacer menos ruido al pisar?** –preguntó Lorena con los dientes apretados.

–¿Y eso cómo se hace?

Lorena soltó un gruñido y avanzó de puntillas hacia la nave. Habían dejado el patinete aparcado junto al camión y la moto. Sergio seguía tratando de imitar sus pasos para no hacer ruido.

Llegaron hasta un lateral del edificio en el que había aparcadas varias bicicletas viejas bajo una ventana.

–**ESTÁ MUY ALTA** –dijo Lorena–. No podemos asomar...

Antes de que la niña hubiera terminado de hablar, Sergio había apilado unas cajas que había en el exte-

rior para construir una escalera perfecta. Lorena lo miró como si acabara de ganar el Nobel de Física.

–Esto es como jugar a *Minecraft* –dijo el niño rascándose los rizos del flequillo.

Subieron por la escalera improvisada y se asomaron a la ventana. **La nave estaba repleta de cajas de madera**. Algunas gigantescas. También carretillas para moverlas.

–¡Ahí está Paul! –susurró Sergio.

¡Lo tienen atado!

Al lado del chico había **dos hombres**: uno alto con boina morada y bigote rizado, y otro bajo y regordete con chaleco amarillo y pantalones de cuadros que mascaba chicle.

Paul estaba en el **CENTRO DE LA NAVE**. Lo tenían en una silla, amarrado con varias cuerdas. A su lado, en el suelo, estaba la mochila grande de deporte de la que habían caído los plátanos que los habían guiado hasta allí.

—Están hablando —dijo Sergio, al ver que los hombres movían los labios y se dirigían a Paul con gestos.

—No me digas... —Lorena trató de deslizar el cristal de la ventana para abrir una rendija y escuchar lo que estaba ocurriendo dentro.

—NI MI DIGUIS —dijo Sergio imitándola—. Estas ventanas no se abren deslizándose, los cristales se abaten.

Sergio empujó uno de los cristales hacia dentro y se inclinó, dejando abierta la rendija que buscaban.

Ah, bien visto, Cuadraditos.

Sergio y Lorena acercaron las orejas a la abertura.

—¿Serías tan amable de decirnos dónde lo has metido, **miserable renacuajo infecto**? —El de la boina morada se dirigía a Paul con cara de malas pulgas.

Paul temblaba de arriba abajo y negaba con la cabeza. El pelo le tapaba media cara.

—Déjame a mí —dijo el otro—. Si no es mucha molestia, **¿nos dices qué has hecho con él de una santa vez, sabandija pegajosa?**

Paul cerró los ojos y negó de nuevo con energía.

—¿Qué será lo que están buscando? —preguntó Lorena mientras sacaba unas fotos con la tableta.

—Algo que tiene Paul y que ellos quieren. **Elemental, querida Acelga**.

—Sí, Sherlock, hasta ahí había llegado, gracias. Pero ¿tanto como para secuestrarlo?

—Y, lo más importante, **¿quiénes son esos hombres?**

—Eso lo vamos a saber pronto. Le he enviado las fotos a Guadson. Seguro que puede decirnos algo en cuanto introduzca las fotos en su base de datos o lo que sea que tengan los espías.

—¡Necesito aire fresco! —dijo el regordete del chaleco amarillo mientras sacaba otro chicle del bolsillo.

—¡Se van! —exclamó Sergio señalando a los hombres.

El de la boina y el del chicle salieron de la nave.

—**Es nuestro momento** —dijo Lorena—. Tenemos que entrar.

—¿Y cómo...?

Esta vez fue Sergio el que no pudo terminar la frase. Lorena ya había saltado al otro lado y cayó sobre una pila de cajas. Su aterrizaje fue limpio y silencioso. El de Sergio, no.

–¡QUE NO HAGAS TANTO RUIDO! –dijo Lorena

–¡Y DALE! –contestó Sergio.

Paul se giró al escuchar el jaleo. Vio a dos personas bajitas, vestidas de negro y con antifaz correr hacia él.

–¿Quiénes sois? –preguntó Paul. No sabía si asustarse o alegrarse de ver aparecer a esas dos cucarachas corredoras.

–Vamos a rescatarte –dijo Lorena sacudiendo con orgullo su melena hacia atrás.

–Sí, bueno, **no cantemos victoria todavia** –dijo Sergio–. Tenemos que cortar la cuerda y salir de aquí.

–¿Sois niños? –preguntó Paul al escuchar sus voces.

–**Somos espías secretos** –contestó Sergio hinchando el pecho.

Lorena sacó una navaja multiusos que estaba sujeta al cinturón del mono negro y comenzó a cortar la cuerda. Sergio, al verla, la imitó e hizo lo mismo por el otro lado. En pocos segundos, Paul quedó libre.

Ahora sí, ¡VÁMONOS!

Los tres niños corrieron hacia la ventana abierta por la que Sergio y Lorena habían entrado. Sin embargo, Paul se paró en seco a mitad de recorrido.

–**¡LA MOCHILA!** –gritó.

–**¡Déjate de mochilas!** –ordenó Lorena–. ¡No hay tiempo!

–No puedo irme sin ella. ¡Es importantísima para mí! –dijo Paul. Sin hacer caso a Lorena regresó a por la mochila.

Lorena echaba chispas por los ojos.

—Pobre, debe de necesitar mucho los plátanos. Si no, no se jugaría la vida por la mochila —intentó calmarla Sergio.

Lorena resopló y puso los ojos en blanco.

–Más bobos y no nacéis, te lo digo yo.

Cuando Paul volvió con la enorme mochila, Sergio ya había construido en pocos segundos otra escalera de cajas, esta vez para salir de la nave. Estaban a punto de alcanzar la ventana cuando aparecieron el de la boina y el del chicle por la puerta.

–¡Se escapa!

Los niños apretaron el paso y salieron por la ventana. Por suerte, el de la boina corría tieso como un palo y apenas avanzaba, y el regordete se asfixiaba cada dos segundos. De hecho, tuvo que parar dos veces porque **a punto estuvo de tragarse el chicle**.

Ya en la calle, Paul cogió una de las bicicletas viejas mientras Sergio y Lorena salían disparados a por su patinete. Justo cuando se montaron, aparecieron los secuestradores por la puerta de la nave. Paul llegó desde el lateral con la bicicleta y agarró el manillar del patinete para arrastrar a los niños a mayor velocidad.

–¡VAMOS!

CAPÍTULO 12

A LA CARRERA

Tomaron el camino de vuelta y lograron llegar a la carretera antes de que los secuestradores les dieran alcance. Ya habían visto que **no eran muy rápidos**. Había anochecido y aquella carretera secundaria apenas estaba iluminada.

Por detrás, **el camión** que habían visto antes aparcado junto a la moto **se acercaba a ellos por la carretera**.

Sergio miraba hacia atrás constantemente. De repente, vio un coche que adelantaba al camión.

–¡COCHE, **COCHE**! –gritó Sergio.

El coche los adelantó en pocos segundos y, justo en

ese momento, **PAUL** soltó el patinete y se agarró al retrovisor. Al mismo tiempo, **SERGIO** puso las manos en el manillar de la bici de Paul mientras **LORENA** seguía guiando el patinete.

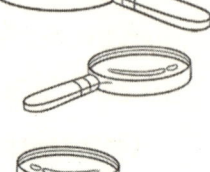

–No me lo puedo creer –dijo Sergio–. ¡Esto da mala suerte! ¡Ya lo dice mi abuela!

Lorena se giró para mirar el coche. **Era el mismo coche fúnebre que los había llevado a la nave**. Aunque esta vez sin muerto dentro.

–De mala suerte nada, Cuadraditos. ¡Nos ha traído buenísima suerte!

En pocos minutos alcanzaron la avenida principal de Albatros. Los secuestradores les pisaban los talones.

–Hay que separarse para despistarlos –gritó Paul–. Nos vemos en el colegio de Albatros, ¿sabéis dónde está?

Lorena y Sergio asintieron. Paul gritó:

¡Ahora!

Sergio se soltó del manillar de la bici y Lorena, extendiendo uno de los brazos, se enganchó a la parte trasera del camión de la basura que acababa de adelantarlos.

Una fuerte ráfaga de olor a comida podrida les abofeteó la cara.

–Puaj –dijo Lorena–. **Esto sí que es mala suerte.**

El camión de la basura avanzaba muy rápido por la avenida.

–¡Esto no me gusta! –gritó Sergio

–Deja de gimoteeeearrrfapuaj –dijo Lorena mientras una cáscara de plátano volaba del camión a su boca.

Habían conseguido dar esquinazo a la moto.

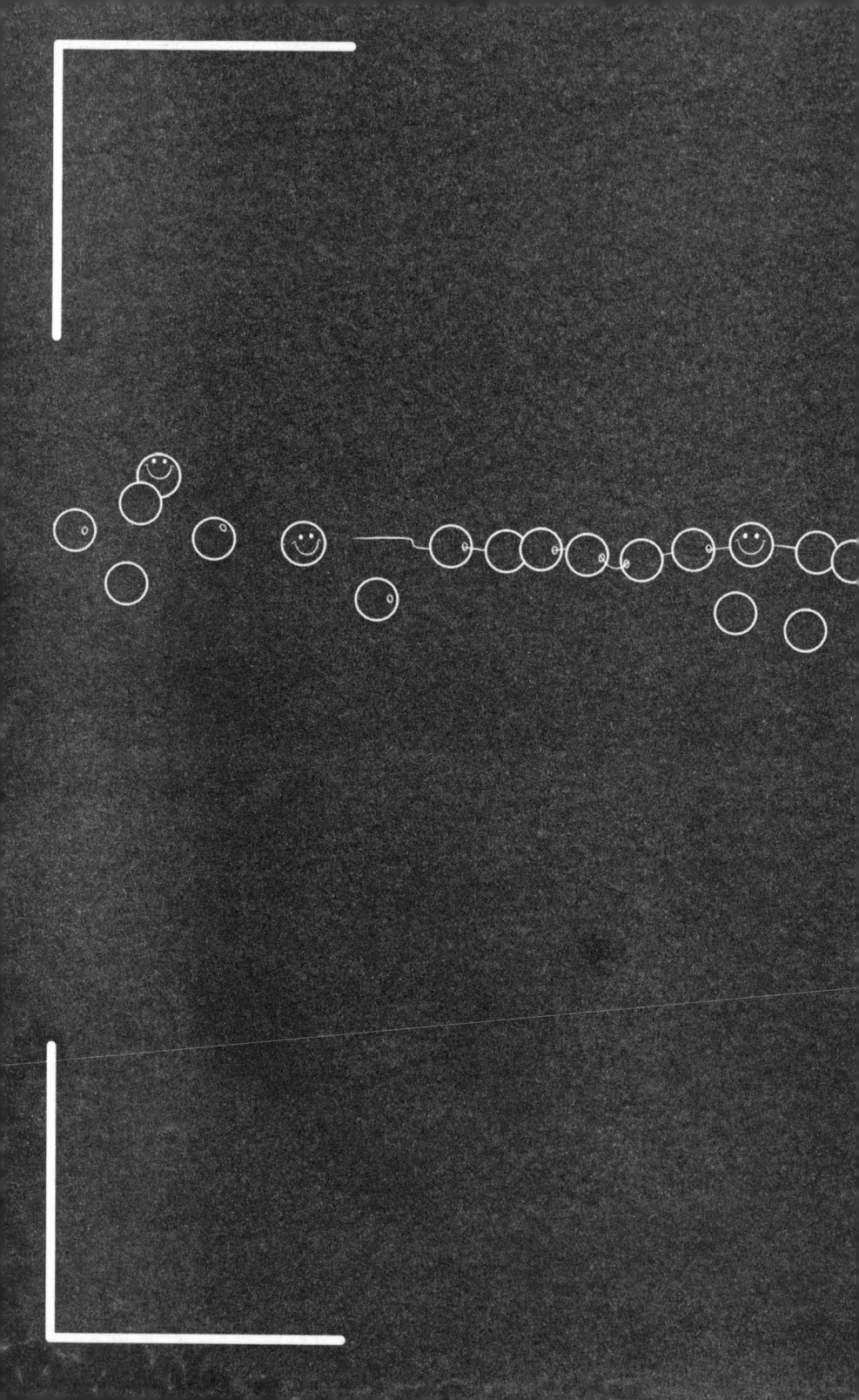

CAPÍTULO 13

UN SECRETO DE LOS GRANDES

Sergio y Lorena aparcaron el patinete en la **entrada** del colegio. Paul los esperaba al otro lado de la verja.

–¿Cómo ha logrado pasar? –preguntó Sergio intrigado.

–Es el hijo del conserje, Cuadraditos. **¡Piensa un poco!**

–¡Ah, claro!

Paul les abrió la verja y, con una mano, les indicó que lo siguieran.

–¿Nos vas a decir ya **qué rollo te traes con los plátanos** y con los descerebrados esos del camión? –preguntó Lorena mientras sacaba la tableta, dispuesta a apuntarlo todo.

—Sí, tío –dijo Sergio–. Esos tipos parecían peligrosos. Aunque eran bastante torpes, todo hay que decirlo. Les hemos ganado unos niños con un patinete y una bici.

PAUL Y LORENA RIERON CON EL COMENTARIO DE SERGIO.

—Bueno, como tú dices –apuntó Lorena–, no cantemos victoria tan pronto.

—**Estar de acuerdo es un fastidio** –rio Sergio.

Paul los condujo a través del patio hasta la **ENTRADA DEL POLIDEPORTIVO**.

—Veréis –empezó a decir con la mirada baja, buscando las palabras adecuadas–, no sé quiénes son esos hombres, pero creo que sé lo que quieren.

—**¿Plátanos?** –sugirió Sergio.

Lorena le dio un codazo.

—No, los plátanos no son para ellos.

—**Entonces ¿para quién?** –preguntó Lorena.

—Bueno –dijo Paul levantando la nariz–. Este lío tiene que ver con algo que hay en el polideportivo.

Sergio y Lorena miraron la puerta del polideportivo. Una cinta roja y blanca la atravesaba de lado a lado, indicando que el paso estaba prohibido.

–¿En el poli? –preguntó Lorena–. Está clausurado desde hace dos semanas por riesgo de derrumbe del techo. Hay humedades.

–Lo sé –contestó Paul–. Por eso era el mejor lugar para esconderlo.

–¿Para esconder los plátanos? –insistió Sergio.

–Y dale con los plátanos –dijo Lorena.

–Entrad y os lo enseño. –Paul sacó un fajo de llaves y buscó entre ellas las del polideportivo.

–¿Le has robado las llaves a tu padre? –exclamó Sergio con los ojos muy abiertos–. Te la vas a cargar. **ALFREDO** no es famoso por su buen carácter cuando le fastidian.

—**¿Cómo sabes que las llaves son de Alfredo y que Alfredo es mi padre?** —preguntó Paul achinando los ojos—. ¿También venís a este colegio?

Lorena, sin disimulo, le dio un codazo a Sergio.

Yo... Bueno, hombre... A ver...

—**Mira, chaval** —dijo Lorena ajustándose las gafas—. **Somos espías**, ¿sabes lo que es eso?

—Claro... —dijo Paul intimidado por el tono de Lorena.

—Pues los espías nos enteramos de todo, mendrugo.

Sergio soltó todo el aire que tenía en los pulmones y dejo de bizquear al instante. **Por un momento creyó que los habían descubierto**. ¡Y todo por no saber mentir! Debía corregir ese defecto lo antes posible.

—No he robado las llaves —explicó Paul, contestando por fin a la pregunta—. Las he tomado prestadas. Además, mi padre tiene otra copia. Ni se va a enterar.

—**Basta de cháchara** —dijo Lorena con los dientes apretados—. ¡¿Quieres abrir la puerta de una vez?!

—Pero ¿y si se derrumba? —Sergio iba de un lado a otro y daba vueltas a su **cubo de Rubik** sin parar.

–Nos recordarán como héroes –sentenció Lorena con una de sus sacudidas de melena.

Paul por fin encontró la llave y la metió en la cerradura:

–¿Estáis listos?

Sergio negó con la cabeza.

–¡Dale ya! –gritó Lorena.

Paul empujó la puerta de metal que daba paso al polideportivo. Los recibió un alarido que les puso los pelos de punta. Allí en medio, entre mondas de plátano y restos de fruta, había un gorila golpeándose el pecho.

Un gorila espalda plateada gigante.

CAPÍTULO 14

KONGUI

—¿QUÉ? –Los ojos de Sergio se salieron unos milímetros de sus cuencas. El cubo de Rubik se le escurrió de las manos y a punto estuvo de desmayarse.

—Tranquilos, es bueno, no hace nada –dijo Paul.

Lorena, que no podía creer lo que veían sus ojos, se puso a grabar al gorila con su tableta.

–Impresionante –susurró.

Paul se acercó al gorila. Dejó la mochila en el suelo y le acarició una de sus patas peludas. El animal respondió con otro alarido.

Sergio se tapó los oídos. Sentía las piernas como si fueran de mantequilla, y apenas le sostenían.

—Sí, sí... —dijo Paul con la voz cargada de ternura—. Hoy he tardado un poco más en traerte la merienda.

Se agachó, abrió la mochila y sacó **plátanos** y otras frutas, como **manzanas, uvas** y **peras**.

El gorila comenzó a golpearse el pecho con los puños y a dar vueltas sobre sí mismo.

Lorena, boquiabierta, no dejaba de grabar con la tableta. Las gafas se le escurrieron hasta la punta de la nariz.

—**Toma, Kongui** —dijo Paul acercando un plátano al animal—. Tu comida preferida.

El gorila tomó el plátano con delicadeza y cariño de las manos de Paul.

–**¿Kongui?** –preguntó Lorena apartando por fin la vista de su tableta y ajustándose las gafas.

Sí, es como King Kong, pero en cuqui.

–**Pfff**. –Lorena puso los ojos en blanco.

–Es un nombre precioso –comentó Sergio con la voz temblorosa–. Para un animal tan... delicado.

–Paul, creo que **ha llegado el momento de que nos cuentes todo lo que ha ocurrido** –dijo Lorena.

–Y por qué demonios tienes un gorila escondido en el gimnasio –añadió Sergio.

Los tres niños se sentaron en el suelo del polideportivo. **El techo crujía**.

Sergio cogió una manzana a medio comer y le dio un mordisco. Paul y Lorena lo miraron con cara de asco.

–**Esh que losh nerfiosh me dan hambre**.

Lorena activó la grabadora de la tableta.

—Bien, ¡**DISPARA**!

—En realidad, no hay mucho que contar —dijo Paul rascándose la cabeza—. **Hace una semana encontré a Kongui en mi jardín** comiéndose la fruta de los árboles.

—Ajá. Y, como no tienes hermanos, decidiste adoptarlo, ¿no? —apuntó con ironía Lorena—. ¿Y un gatito? ¿No hubiera sido mejor idea?

—Parecía muy bueno y tranquilo —continuó Paul—. Pensé que se habría escapado del zoo y me daba pena devolverlo. Así que, mientras se me ocurría algo, **decidí esconderlo en el polideportivo**. Como está clausurado, pensé que aquí nadie lo descubriría.

La tableta de Lorena comenzó a vibrar.

—¡**Es Guadson**!

—¿Quién es Guadson? —preguntó Paul.

Lorena le tapó la boca para que se callara. Con la otra mano descolgó la videollamada. La cara de Guadson apareció en la pantalla. Como iba con su melena azul y su antifaz, era imposible que Paul se diera cuenta de que era Guadalupe.

—Niños, ya tengo localizados a esos hombres. Se trata de **dos peligrosos traficantes de animales**. Hace unas semanas, las cámaras de seguridad los cap-

taron en el puerto descargando mercancía de un barco. Entonces, no sabíamos de qué se trataba; ahora sí:

LA «MERCANCÍA» ERAN ANIMALES.

–¿Le has robado un gorila a unos peligrosos traficantes de animales? –preguntó Sergio mirando a Paul.

–¡No sabía que era de ellos! –exclamó Paul llenando de babas la mano de Lorena–. ¡Me la voy a cargar!

–¿Un gorila? –dijo Guadson desde la tableta.

Lorena se restregó la mano en los pantalones y giró la pantalla para que Guadson pudiera ver a Kongui.

–Ahí lo tienes. **No es muy limpio que digamos**.

–¡Me van a matar! –Paul corría desespera-
do de un lado a otro–. Les he robado el gorila
a unos mafiosos. **¡AY, MADRE MÍA!**

Sergio se levantó para ir a tranquilizarlo.

–Tenéis que salir del polideportivo cuanto antes
–ordenó Guadson–. No es un lugar seguro. Ya he avisado a la policía y al Servicio de Protección a la Naturaleza para que vayan para allá. Yo llegaré en unos minutos.

El techo del polideportivo crujió de nuevo.

–De acuerdo –dijo Lorena. Luego cortó la llamada y guardó la tableta en su mochila.

Sergio había conseguido detener a Paul. Lo tenía cogido de las manos y le miraba a los ojos.

–Paul, tranquilo, no te pasará nada. Somos **espías secretos de la SIA**. Nosotros te protegeremos. A ti y a Kongui.

–¿De la SIA? **¿Qué me estás contando?**

Lorena llegó hasta donde estaban los dos niños.

–Paul, es normal que no te creas que este mandril pueda sacarte de esta –explicó Lorena–. Pero es verdad.

–**Yo también te quiero, Acelguita** –dijo Sergio poniendo cara de desprecio.

–Enseguida llegará Guadson con la policía.

–¿Quiénes sois vosotros? **¡¡¡Estáis todos locos!!!**

–No hay tiempo para explicaciones, Paul –continuó Lorena–. Vamos a por Kongui y larguémonos de aquí. El techo se nos puede caer encima.

Justo en ese momento sobre sus cabezas, se volvió a oír otro...

¡CRUJIDO!

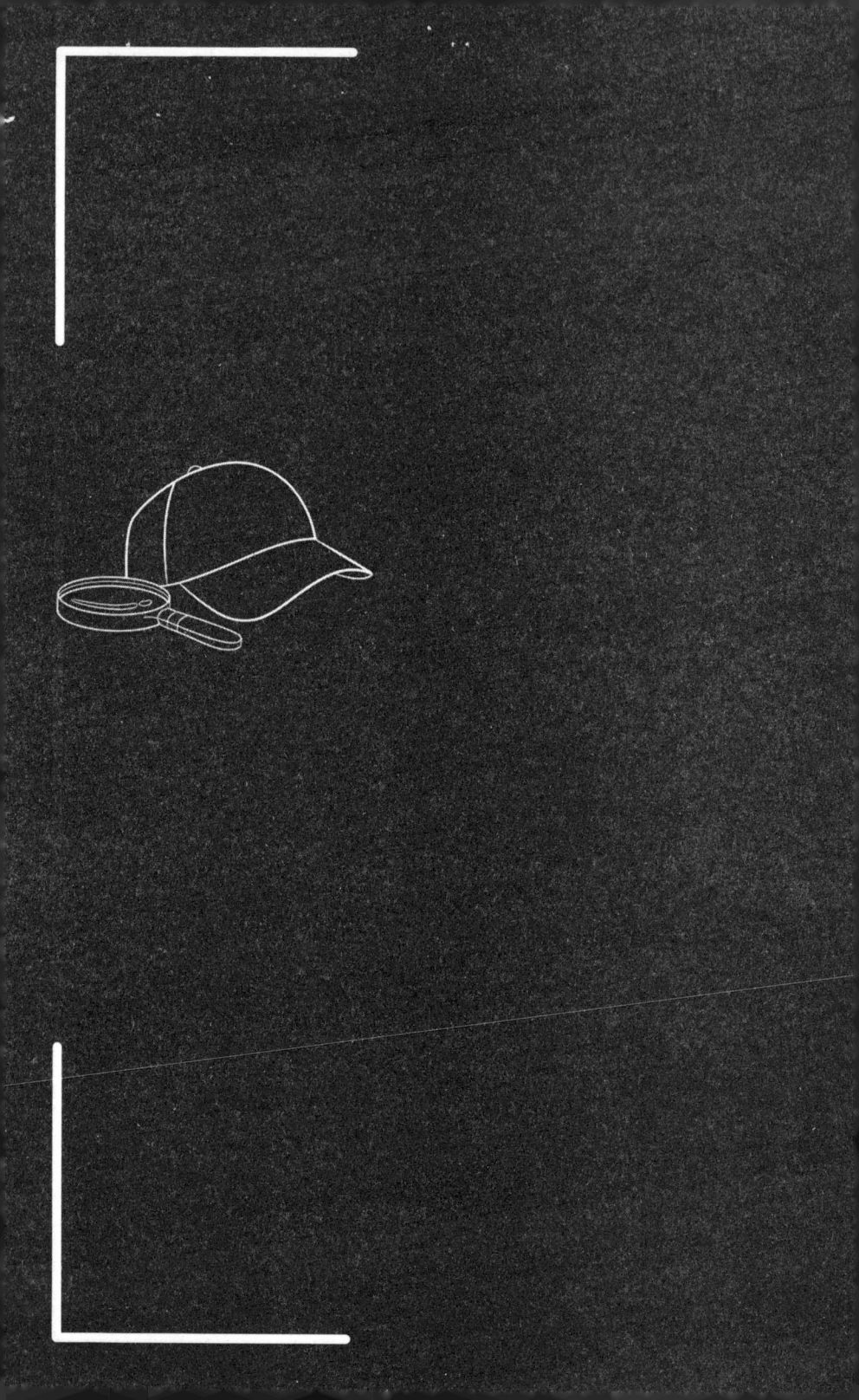

CAPÍTULO 15

CON LAS MANOS EN EL GORILA

–**¡KONGUI!** –Paul saltó liberándose de las manos de Sergio. Un trozo de techo había aterrizado sobre Kongui–. ¡Mi gorilita! ¿Estás bien? **¡Hay que salir de aquí!**

–Parece que nosotros no somos muy convincentes, pero uno mono gigante sí –dijo Sergio.

Los niños se acercaron a Kongui e imitaron los juegos y carantoñas que le hacía Paul. Tenían que ganarse su confianza para que los acompañara fuera del polideportivo. **El techo no paraba de crujir** y habían empezado a caer pedazos que se desprendían por la humedad. Debían salir de allí antes de que se les cayese el techo encima.

Poco a poco el gorila fue confiando en Sergio y Lorena. Se dejaba coger de las manos y, entre los tres, lo guiaron a la puerta del polideportivo. Mientras Sergio miraba a Kongui con un ligero temblor en los labios, Lorena lo grabó con la tableta. No siempre se tiene la oportunidad de grabar a un gorila espalda plateada de cerca.

—BRUTAL –dijo sin poder borrar el asombro de su cara–. Esto lo mando a *National Geographic* y, con el dinero que me den, me compro más material para mis pulseras.

—Nosotros aquí más agobiados que una mosca en un tarro y tú pensando en tus pulseras.

¡Es increíble!

A unos metros de la salida, la puerta se abrió:

–¡Ooh, qué bien acompañado está nuestro amigo!

Los dos traficantes estaban frente a ellos.

Los niños, sin pensarlo, se pusieron delante de Kongui, en un intento de hacer una barrera que protegiera al gorila, algo inútil, ya que el gorila era gigantesco.

–**Mi querida pandilla de boñigas de vaca con moscas** –dijo el hombre de la boina morada, que era quien llevaba la pistola de dardos–. ¿Seríais tan amables de apartaros? Este gorila se viene con nosotros.

–**¡Kongui no se va a ninguna parte!** –gritó Paul a la vez que se apartaba el pelo de la cara–. A vosotros los animales os dan igual, solo os importa el dinero.

–Oh, no, mi apreciado mocoso –dijo el tipo del chaleco **alzando el bate por encima de su cabeza**–. Nosotros queremos muchísimo a este asqueroso mono. ¿**KONGUI** le has llamado? Le vamos a tratar como a un príncipe.

Los dos hombres se iban acercando pasito a pasito, mientras los niños y el gorila reculaban.

–Podemos hacer esto **por las BUENAS o por las MALAS** –dijo el de la boina apuntando con la pistola.

—O por las **MUY MALAS** –añadió el regordete enseñando los dientes.

Los niños no tenían escapatoria. Sergio miraba a Lorena, Lorena miraba a Sergio y Paul los miraba a los dos.

–¿Vosotros no eráis espías o algo? –dijo Paul.

El hombre de la boina quitó el seguro de la pistola de dardos. El ruido que hizo provocó que el **gorila** se pusiera como loco a pegar alaridos. Se había dado cuenta de que **tanto él como sus amigos humanos estaban en peligro**, así que los apartó a un lado a todos con mucha suavidad y se puso delante de ellos golpeándose el pecho.

En ese momento, el de la boina agarró la pistola de dardos con las dos manos y apuntó directamente al pecho del gorila.

El regordete gritó:

¡Dispara!
¡Ahora!

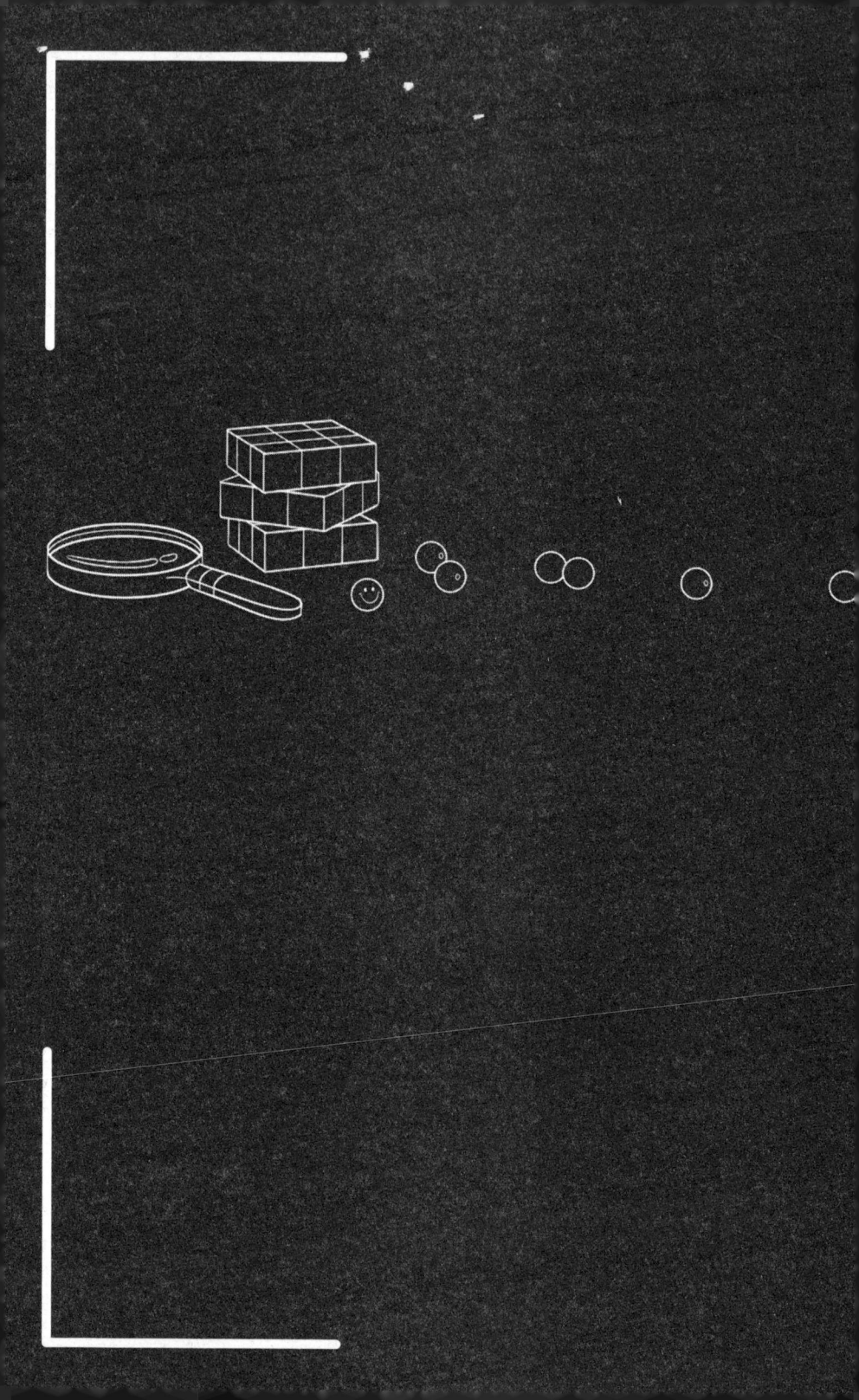

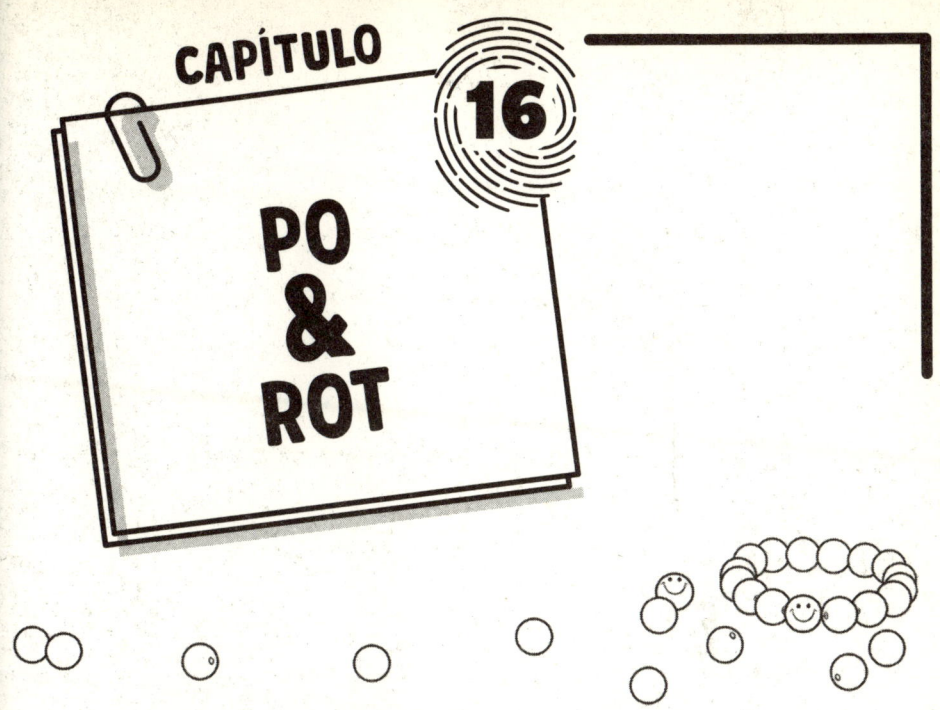

CAPÍTULO 16

PO & ROT

–¡¡¡**KONGUI**!!! –Paul salió corriendo de detrás del gorila con los brazos en alto. Quería proteger al animal, aunque, obviamente, parecía una hormiga a su lado.

–Se ha vuelto loco –dijo Lorena.

–Ya te digo –confirmó Sergio.

El techo crujió una vez más y otro trozo se desprendió. Cayó sobre Paul, dándole en toda la cocorota.

–**¡Ay, madre! ¡Nuestra primera víctima!** –exclamó Lorena.

Sergio salió de detrás del gorila, llegó hasta Paul, agarró la mochila que llevaba puesta y lo arrastró para ponerlo a salvo.

–Solo está grogui –dijo Sergio levantando el dedo.

Pero Lorena ya no escuchaba a Sergio. Ni siquiera a los traficantes de animales, que solo decían tonterías mientras avanzaban con el bate y la pistola de dardos. Tampoco a Kongui, que pegaba alaridos y se golpeaba el pecho. En la cabeza de Lorena solo había una cosa:

La niña recordó cómo, en uno de sus episodios preferidos, mientras Po ayudaba a un herido, Rot sacó un tirachinas y le dio a un peligroso asesino en el ojo.

Lorena **se quitó una de sus pulseras**, la enganchó entre los pulgares, la tensó con toda su fuerza –el kit que le había regalado su tía incluía unas gomas bastante elásticas– y se la lanzó al de la pistola de dardos.

La pulsera salió disparada como un proyectil y... **¡objetivo conseguido!** El hombre gritó, se llevó la

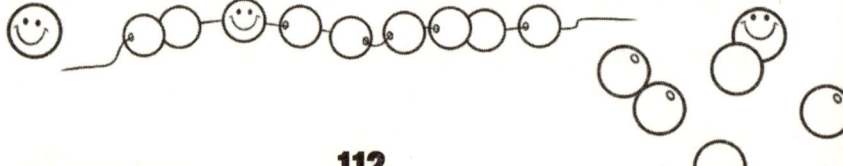

mano que tenía libre al ojo y trastabilló, con tan mala suerte –o buena, según se mire–, que resbaló con una de las **mondas de plátano** que había en el suelo y se cayó de bruces. Al impactar contra el suelo, la pistola de dardos se disparó y el dardo fue a parar directamente al hermoso y orondo culo de su compañero, que contemplaba la escena con los ojos muy abiertos.

–¡Bam! ¡**Premio!** –dijo Lorena.

En cuanto el dardo le dio en el culo, el tipo regordete cayó al suelo sumido en un profundo sueño.

Sergio se acercó a Lorena, tirando de la mochila de Paul, que seguía inconsciente.

–Vaya, pues para no gustarte *Po & Rot*, te tienes bien memorizados sus episodios más famosos –dijo Sergio con una sonrisa guasona–. No creas que no me he dado cuenta de tu **«momento tirachinas»**. **TEM-PORADA 3, EPISODIO 4.**

–**EPISODIO 5** –corrigió Lorena, que guiñó un ojo a Sergio y se sacudió la melena con sonrisa satisfecha.

¡Niños!

GUADSON acababa de aparecer por la puerta del polideportivo, junto con la **policía** y el **Servicio de Protección a la Naturaleza**. Enseguida se hicieron cargo de Kongui. La policía esposó al hombre de la boina, que seguía en el suelo quejándose de dolor de ojo, y al regordete, que debía estar soñando con algo bonito, porque tenía una sonrisa de bobo en la cara. Lorena aprovechó que los policías les esposaban para **ponerles a cada uno de los delincuentes unas pegatinas de *smileys* en un cachete del culo**.

–Veo que nuestro pequeño grupo secreto ya tiene insignia –rio Guadson.

Su melena azul se movía agitada por la corriente que entraba desde el exterior.

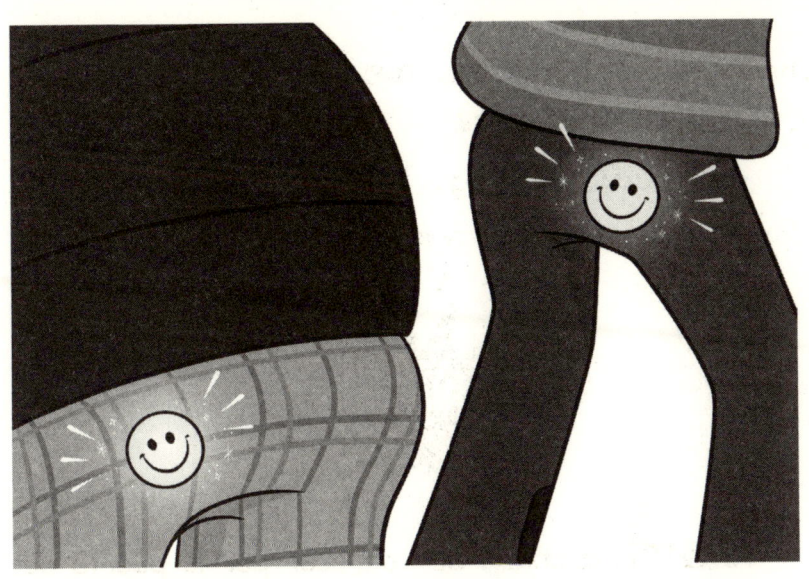

Sergio y Lorena se miraron con los ojos brillantes.

–Vamos, niños, hay que salir de aquí –dijo Guadson. **El techo seguía crujiendO**.

La policía se llevó a los dos traficantes y el Servicio de Protección a la Naturaleza, a **KONGUI**. Una ambulancia trasladó a Paul al hospital. En el polideportivo, solo quedaban Sergio, Lorena y Guadson.

Justo cuando alcanzaron la salida, **el techo del polideportivo se derrumbó con un gran ESTRUENDO** y una nube de polvo lo cubrió todo.

¡Plooof!

–Vaya –dijo Sergio–. **Con lo limpios que teníamos los uniformes**.

CAPÍTULO 17

FAMOSOS POR SORPRESA

La noticia había salido en todos los periódicos locales y en las noticias.

A Sergio le costó mucho mentir cuando los periodistas los acribillaron a preguntas. De hecho, se puso bizco unas veinte veces mientras Lorena le daba codazos para que se relajara.

–Te echaré mucho de menos. Me acordaré de ti todos los días de mi vida. Iré al Congo todos los fines de semana a visitarte.

Paul lloraba a moco tendido al despedirse de **su amigo**

¿QUIÉNES SON ESTOS NIÑOS QUE VAN DE NEGRO?

DOS PEQUEÑOS MISTERIOSOS SALVAN A DECENAS DE ANIMALES

LOS ALIADOS DE LOS ANIMALES

gorila. El Servicio de Protección a la Naturaleza, gracias a los niños, localizó la nave en el polígono y pudo liberar a todos los animales. Ahora los enviarían a centros de recuperación de fauna en sus países de origen.

Sergio y Lorena, con sus uniformes de espías, habían ido al puerto de Albatros a despedirse del gorila con Paul. El hijo del conserje tenía un buen chichón por el trozo de techo que le había caído en la cabeza.

–Si hace falta, te llevaré al Congo en patinete –dijo Sergio dándole unas palmaditas en la espalda a Paul. También moqueaba que daba gusto. Tenían los dos un berrinche que amenazaba con inundar la ciudad.

–¡Vaya par! –susurró Lorena mientras ponía los ojos en blanco.

Paul le dio a Kongui el cuaderno en el que había dibujado toda su aventura juntos desde que se conocieron en el jardín de su casa. El gorila lo cogió y luego se golpeó el pecho. También tenía los ojos húmedos y brillantes.

–¿Quieres una **napolitana de chocolate** para pasar el mal trago? –le preguntó Sergio a Paul.

—**No** –contestó Paul apartándose el pelo de
la frente para que vieran lo serio que estaba–. A partir
de ahora, voy a comer más plátanos y menos bollos.

—**Como quieras**... –dijo Lorena, que se estaba lim-
piando unas migas de la boca–. Había traído unas galletas de chocolate riquísimas que hace mi tía para ani-
marte, pero ya me las como yo, tú tranquilo.

—**Esto, bueno**... –dijo Paul quitándose la mano del
corazón–. Me refería a los bollos, no a las galletas ca-
seras de tu tía. Tampoco nos pongamos tan radicales.

Paul le quitó a Lorena la bolsa de galletas y se las fue
comiendo mientras lloraba y moqueaba por Kongui.

En el colegio **todo había vuelto a la normalidad**.
Sara, por suerte, ya no sufría por la falta de potasio
en sus entrenamientos de fútbol. María, sin embargo,
fue castigada por colarse en la despensa de la cocina y
abrir todas las cajas de galletas para quedarse con las
cartas Pokémon.

—Pues va a ser que María no
era un Pokémon. ¡Qué lástima! –dijo Lorena al enterarse.

120

–Parece que hemos completado con éxito nuestra primera misión juntos –dijo Sergio.

–Y sin morir en el intento.

–Ni matarnos el uno al otro.

Los dos estallaron en una carcajada.

–Tenemos que ir a ver a Guadson –dijo Lorena.

–¿Sabes? –Sergio puso cara misteriosa, y añadió:

SE ME HA OCURRIDO UNA IDEA.

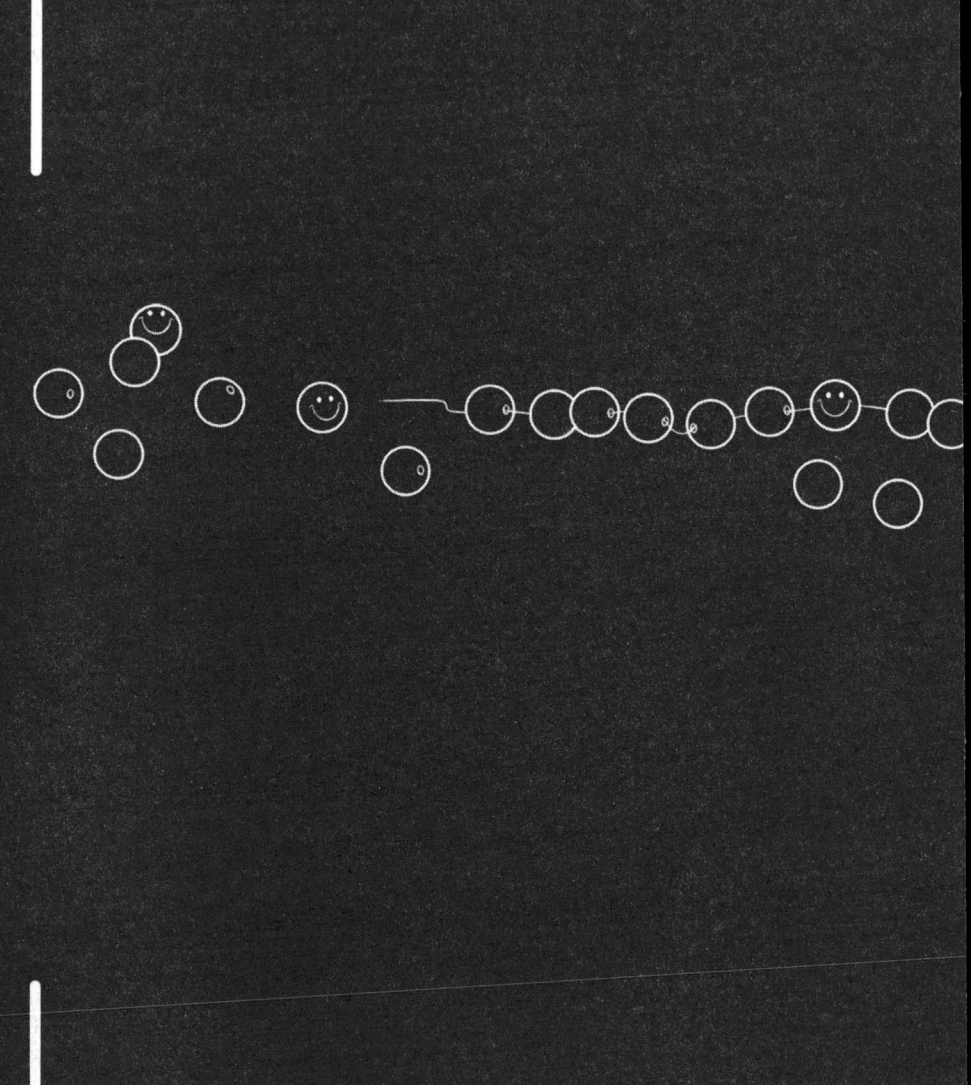

CAPÍTULO 18

SHER & LOCK

Sergio y Lorena esperaban a Guadson en su despacho. Iban vestidos con sus uniformes negros. A Sergio se le había ocurrido una idea para darle una sorpresa a **su profe-espía**. Él se había teñido los rizos del flequillo de morado y Lorena las puntas de verde. Así irían a juego con la melena azul de Guadson.

–¡GUAU! –dijo nada más verlos–. ¡Ahora sí que parecéis unos auténticos espías, aunque os falta un detalle!

La mujer abrió uno de los cajones de su escritorio y sacó **dos placas**.

–Yo también tengo una sorpresa para vosotros –dijo acercándose a ellos–. Habéis hecho un gran trabajo en

vuestra primera misión y en la SIA están encantados. A partir de ahora, formáis parte de esta secreta asociación de investigadores. Y para eso necesitáis vuestros **nombres en clave**. Guadson les tendió las placas. En ellas, estaban escritas sus nuevas identidades como espías.

Por supuesto, a Sergio –nombre en clave **SHER**–, se le saltaron las lagrimillas.

–¡Oh! **Gracias**. **¡QUÉ HONOR!**

Lorena puso los ojos en blanco mientras se colgaba la placa con su nombre en clave: **LOCK**.

–Guadson –empezó a decir Sergio mientras daba vueltas a su cubo de Rubik–. Tú esto ya lo tenías planeado antes de ponernos juntos en el trabajo de Mates, ¿verdad?

–Sí –continuó Lorena–. La puerta del despacho abierta, los uniformes de la talla exacta, los nombres en clave...

–Mis pantalones cortos...

Guadson dibujó una media sonrisa misteriosa.

–Bueno... –dijo la espía quitándole importancia–. El hecho de que Sara te rompiera la pulsera y salieran todas las cuentas desperdigadas **fue la excusa perfecta para reclutaros**.

Sergio y Lorena se miraron sonriendo.

–¡Todavía nos falta una cosita! –exclamó la niña.

Lorena abrió su mochila y sacó unos **parches adhesivos de _smileys_** que repartió entre los tres.

–Al final les cogeré cariño a las caritas sonrientes, **Acelguita** –dijo Sergio mientras se pegaba su _smiley_ en el pecho.

–Le da un toque muy desenfadado al uniforme –reconoció Guadson–. Hablaré con la SIA para que a partir de ahora **todos los monos lleven uno**.

Una vez tuvieron colocadas sus placas y sus insignias, se hicieron una foto con la tableta de Lorena.

–Bien, basta de ÑOÑERÍAS –cortó tajante Guad-

son, que a veces se convertía en Guadalupe de repente–. Tenemos un **chivatazo** que debemos investigar.

Lorena se ajustó las gafas, lista para anotarlo todo, mientras Sergio aumentaba el ritmo de giros de su cubo.

–Nos ha llegado un soplo...

A Sergio se le cayó el cubo de Rubik al suelo, pero cuando fue a recogerlo, Lorena le paró con el brazo. Pocas cosas la sacaban de sus casillas, pero el **CRACRÁ** y el que la interrumpieran cuando iban a contarle un caso eran dos de ellas.

–¿Has pensado en mirar algún tutorial para resolver el cubo de una vez? –le dijo apretando los dientes.

–¡JAMÁS! Eso sería trampa.

–Ejem –intervino Guadson para interrumpir la discusión–. Como os comentaba, nos ha llegado el soplo de que van a secuestrar a **NIKITA, la hija del empresario húngaro dueño de la mayor fábrica de cubos de Rubik** del mundo.

–¡Ay, madre mía! ¡Un secuestro! Esto nos viene grande –se quejó Sergio con voz temblorosa–. ¿Has dicho la mayor fábrica de cubos de Rubik del mundo?

—Tranquilo, Cuadraditos —dijo Lorena mientras se agachaba a recoger el cubo de Rubik—. **Esto es pan comido para Sher & Lock**.

En unos pocos movimientos, la niña resolvió el cubo. Ahora Cuadraditos era quien tenía cara de acelga pocha.

—Pfff, estar de acuerdo es un fastidio, pero tú lo eres mucho más.

Lorena puso los ojos en blanco y sacudió su melena de puntas verdes con una sonrisa satisfecha en la cara.

CUADERNO DE NOTAS DE GUADSON

Los dos nuevos agentes reclutados (nombres en clave: SHER & LOCK) han cumplido con éxito su primera misión. Todavía tienen que entrenar su olfato detectivesco, sus métodos de interrogatorio, el control de las emociones y su capacidad para ponerse de acuerdo (hasta ahora nula). Se llevan a matar, son insufribles. Los habría estrangulado yo misma un par de veces. La razón: no quieren reconocer todas las cosas que tienen en común, porque, claro, ESTAR DE ACUERDO SERÍA UN FASTIDIO.

En cualquier caso, ya está en marcha la...

AGENCIA DE DETECTIVES SHER & LOCK

La seguridad del colegio, de todo Albatros, está en sus manos.

¡Ay, madre!